Bodo Homberg

Die Stunde des Maulwurfs

Roman

Union Verlag Berlin

Illustrationen von Gerhard Medoch

ISBN 3-372-00203-2

Für Aenne

Die Erinnerungen an die Kindheit
haben keine Ordnung.

Dylan Thomas

An diesem Morgen Ende Juni machte ich mich zeitiger als sonst auf den Weg. Ich hatte einen Abriß zu leiten und zu überwachen. Als Hochbauingenieur wußte ich, was zu tun war. Es handelte sich um eine alte, zerfallene Villa in der einstigen westlichen Vorstadt. Ich kannte die Straße. Von dem betroffenen Gebäude indes besaß ich kaum mehr eine Vorstellung. Ich wußte: Vor mir lagen einige Tage geläufigen Tuns. Vor Überraschungen glaubte ich mich sicher. Was auch sollte mir zustoßen. Gefühle der Rührung waren mir fremd. Ich hielt sie für unangebracht. Das Überlebte hatte zu weichen. Stirb und werde.

Jahrzehnte – nahezu die Hälfte meines Lebens – hatte ich damit zugebracht, mitzuwirken am Entstehen der Neubauviertel meiner Heimatstadt. Nacheinander hatte man sie Lütten Klein, Evershagen, Lichtenhagen, Schmarl und Groß Klein geheißen, Leihgaben ehemaliger Dorfgemeinden im nordwestlichen Weichbild der Stadt. Ich nenne ihre acht-, zehn- und zwölfgeschossigen Gebäudeketten aus Fertigbetonteilen »Jonnies«. Sie gleichen einander zum Verwechseln. Aus der Nähe besehn, fügen sie sich zu überdimensionierten Irrgärten, die unserer Fantasie alle Ehre machen. Ich höre solcherart Bemerkungen nicht gern, zugegeben; immerhin bin ich an ihrer Existenz schuldhaft beteiligt. Und seit längerem bewohne auch ich so einen Jonny hoch über der Warnow. Wie viele Arbeitsstunden sind da verplant und vermauert worden, vergossen zu Hartbeton und Eisen, erstarrt zu stummer Triumphgebärde einer neuen Wirklichkeit. Aus der Ferne betrachtet, randet sie sachlich und kalt den Horizont. Möglich, daß ihre Geometrie inzwischen unsere Herzen erfaßt hat und sie auszufüllen beginnt. Nur gelegentlich und ganz im geheimen streift mich Argwohn, mir könnte mit der Zeit jedes Zartgefühl für die Wohnungen meiner Kindheit und Jugend abhanden gekommen sein auf immer.

Als ich mich am Bahnhof Lütten Klein in die autobahnähnliche Straße stadtwärts einfädelte, stieg hinter mir über Langenort und den Gehlsheimer Anstalten jenseits des Warnowlaufs die Sonne als rotglühender Ball am wolkenlosen Himmel empor. Es war Ferienzeit. Das Meer war nahe. Die ersten Urlauber rollten auf die Küste zu, Nachtreisende voller Ungeduld in ihren beladenen Autos, mit Wohnwagen, mit Camping-Anhängern. Auf dem Schutower Ring frühestens, vielleicht auch erst in der Hamburger und dann rechts ab in die Karl-Marx-Straße, bis sie die Klement-Gottwald-Straße kreuzt und fortan als sanfte Steigung Laurembergstraße heißt, allerspätestens hier dachte ich einige Momente lang an meine Kindheit. Lange hatte ich nicht an sie gedacht. Wer wie ich nahezu sein ganzes Leben in der Stadt seiner Geburt zugebracht hat – ausgenommen die Jahre der Studien und die Jahre der Fortbildung, die zwei letzten Jahre des Krieges und die Jahre der Gefangenschaft –, der wird mir möglicherweise recht geben, wenn ich sage: daß nichts unseren Tastsinn für die eigene Vergangenheit entschiedener abstumpft, die Virulenz unangemessener Heimatliebe nachhaltiger zum Erliegen bringt als ein beständiges und tätiges

Verknüpftsein mit jenem Gemeinwesen, das man so gefühlsschwanger Vaterstadt nennt. Immer ist Gegenwart, immer ist Nähe. Und die Veränderungen im Stadtbild, deren Zeuge wir Jahr um Jahr werden, vereidigen uns sozusagen auf den unabänderlichen Fortgang der Dinge. Da klaffen keine Zwischenräume, die man als vorübergehend Zugereister ganz plötzlich wahrnimmt und bei derem Anblick den Schmerz der eigenen Vergänglichkeit verspürt. Heimat ist wohl ferne, ausgestandene Nähe.

An einem zuvor vereinbarten Ort hatte ich mich mit den Männern vom Städtischen Gartenbauamt getroffen. Jetzt folgten sie mir in ihrem Pritschenwagen, auf der Ladefläche Motorsäge, Spaten und Schaufeln und Äxte und zu großen Achten eingerollte Zug- und Absperrseile. Das schwere Abbruch- und Räumgerät wartete im Bauhof auf Abruf: Bulldozer, ausfahrbare Leiter, der Schwenkkran mit der schwingenden stählernen Kugel, der Zweiseilgreifer.

Schon beim Einbiegen von der Laurembergstraße in die Schliemannstraße spürte ich unter den Rädern meines Autos das Rumpeln des einst so vertrauten Kopfsteinpflasters. Und ich erkannte die mächtigen Sommerlinden wieder zu beiden Seiten der Straße. Sie standen in aufgehender Blüte. Noch dufteten sie nicht. Langsam, eher betulich ließ ich das Auto im zweiten Gang hintrödeln und besah mir die alten Ein- und Zweifamilienhäuser rechts und links hinter üppig begrünten Vorgärten. Häuser der frühen Zwanzigerjahre, einige auch wohl älter, vielleicht schon an der Jahrhundertwende erbaut. Spuren verronnener Zeit: hinab, hinab. Ich überschlug in Gedanken, wie lange ich nicht mehr in dieser Gegend gewesen sein mochte. Und je hartnäckiger ich darüber nachdachte, desto bezwingender erwachte in mir eine Art Instinkt für das Außergewöhnliche meines Hierseins. Ich ahnte, daß mich diesmal keine der gewohnten Routinearbeiten erwartete.

Vor dem Haus Nummer siebzehn hielt ich und stellte den Motor ab. Beim Aussteigen überfiel mich vielstimmiges Vogelgezwitscher. Es flutete aus dem wuchernden Grünbewuchs des Gartens, aus Strauch- und Buschwerk mannshoch, aus Ahorn- und Nußbäumen, aus verblühtem Flieder, japanischer Quitte, aus wildgeilender Forsythia mit peitschenartigen Austrieben, aus Mandelbäumchen. Der hölzerne Zaun war partienweise so morsch, daß es schien, als müßte er bei der geringsten Berührung mit der Hand in sich zusammenfallen zu Mehl und Staub. Dahinter – und weit zurückgesetzt – von Grünschleiern verhüllt und dem Auge nur mit Mühe erreichbar: die Villa. Und es schoß mir wie ein Pfeil der Erkenntnis ein: Birckenstedts Villa, die Höhle des Maulwurfs.

Die Gartenpforte war unverschlossen, Klinke und Schloß vom Rost zerfressen. Warum auch nicht. Das Gebäude stand seit Wochen leer, augenscheinlich sogar seit Monaten. Ich sollte mich täuschen, sollte erst morgen klüger sein. Denn tags drauf machte ich mich faktenkundig aus einsichtigen Gründen, aus plötzlichem Interesse, aus Wißbegier am Ende; und sie gab den Ausschlag, daß ich nachblätterte einen Vormittag lang im Grundkataster, in aufbewahrten Adreßbüchern, und Lücken schloß im eigenen Gedächtnis, das wach und wacher wurde beim Schmökern und Gründeln. Irgendwer, so sagte ich mir, mußte ja über die Jahrzehnte die Grundsteuer entrichtet haben, und das von Anbeginn an. Und von Anbeginn, das hieß: daß sozusagen zu Urgroßväterzeit ein Reeder sich hier an dieser Stelle seine Residenz erbauen ließ, ein Segelschiff-Reeder namens Barbeter oder Barbieter. Handschriftlich war sein Name aufgeführt und dementsprechend irrleserlich. Wie weiter zu erfahren war, gingen nach dem Ableben des Schiffsunternehmers sämtliche Vermögenswerte einschließlich des Grundstücks Schliemannstraße siebzehn in das Eigentum einer Erbengemeinschaft über, die ihrerseits – am Rande der Insolvenz – Haus und Reste des in See gehenden Vermögens an einen Bierbrauerei-Direktor Stoltenkamp veräußerte. Der erlag unmittelbar nach der großen Geldentwertung dreiundzwanzig-vierundzwanzig einem Schlaganfall mit anschließendem Herzversagen. Auf kurze Zeit verwaiste das Haus, stand einige Monate zum Verkauf; bis ein gewisser Birckenstedt es zu Michaelis neunzehnfünfundzwanzig erwarb, grad noch rechtzeitig zum Beginn des Wintersemesters. Da war ich noch nicht auf der Welt. Aber wie Vater später behauptete, erhandelte sich der Universitätsprofessor Birckenstedt die Villa für 'n Appel und 'n Ei.

Hier etwa – möglicherweise auch erst einige Jahre drauf – meldet eigenes Erinnern sich. Und eigenes Erinnern – das weiß man – neigt zu Bocksprüngen, äfft uns, flackert und irrlichtert zuweilen, wo doch Tageslicht gefragt ist und unverwechselbare Kontur …

So drang ich ein, schloß die Haustür auf und betrat die Diele, durchstreifte im Parterre einen Raum nach dem andern. Es war ein geräumiges Haus, ein Haus ohne Stimmen. Nur daß meine eigenen Schritte auf den vormals blitzundblanken Parkettdielen lärmend widerhallten, so laut, daß die Wände dröhnten und der Schall durch die stellenweise zerbrochenen Fensterscheiben ins Freie lief, dem Vogelkonzert dreist ins Konzept. Ich trat über Staub und Spinnweb und herabgefallenen Deckenputz, über zerfetzte und zu Streifen gerissene Tapetenreste; auf dem Fußboden verstreut: alte Buchdeckel, Rücken und Vorsatzblätter, Papier, viel Papier, ein zerspelltes Stuhlbein, ins Leere ragende Kabelenden für Telefon und elektrisches Licht. Über allem ein schwebstoffhaltiger Duft von Trauer. Und wenn ich vorhin sagte, daß ich meine Gefühle möglichst freizuhalten gelernt hatte gegen Einbrüche von sentimentaler Beklommenheit, so spürte ich jetzt sachte aufkommenden Widerstand gegen solcherart Abstinenz. Ich stieg ins obere Stockwerk. Auch hier die Fährten der Diebe und Fledderer. Da war demontiert und weggeschleppt, zu Münze gemacht, was halbwegs Wert besaß: im Bad die jadegrünen Jugendstil-Fliesen, die alten ziselierten Messingklinken und -beschläge an Türen und Fenstern, das gedrechselte kunstvolle Treppengeländer ... gestohlen, geklaut, zum Kauf angeboten werweißwem, vermutlich dem staatlichen Antikhandel und längst frischer Nutzung zugeführt gegen happiges Aufgeld.

Ganz allmählich trug mich rückläufige Zeit, wohin ich gar nicht wollte, tapste mehr und mehr über mutmaßlich vertrautes Terrain; und mein inneres Auge wurde sehend gegen meinen erklärten Willen. Beim Überschreiten der Schwelle ins Kellergeschoß und beim Anblick der aufgestauten Dunkelheit, die da plötzlich auf mich einstürzte und der ich nicht Herr werden konnte, weil kein Kippschalter mehr und folglich auch kein künstliches Licht, sah ich erstmals den Maulwurf. Ja, ich sah ihn wieder vor mir. Und schon begann ich mit dem Gedanken zu spielen, mir Aufschub zu gewähren: Die Zeit anhalten wollte ich; wollte, daß die Gegenwart stillstand für einen Tag, indem ich den Abriß verzögerte; sträubte mich dagegen, noch an diesem Morgen mit dem Roden des verwahrlosten Gartens beginnen zu lassen, Bulldozer und Hebezeug in Gang zu setzen ein um den andern Tag, wozu mich mein Auftrag bindend verpflichtete.

Von der Straße her hörte ich die Männer vom Städtischen Gartenbauamt ihre Gerätschaften vom Pritschenwagen laden. Ihre Stimmen drangen gedämpft durchs Blattgrün. Ich setzte mich auf eine Fensterbank und rauchte meine erste Zigarette an diesem Morgen, genoß zwischendurch die einströmende Frischluft mit ihren Aromen nach Garten, nach Blumen und Gräsern. Ich bemerkte eine Königskerze – übermannshoch gereckt und grellgelb wie ein Schrei –, wie sie um bloße Zentimeter die Fensterhöhlung verfehlte. Königskerzen, die gab es hier früher nicht, nicht hier im Vorgarten. Nur im Garten nach achtern raus wucherten sie damals, zu Kolonien versammelt und untermischt mit rosa Malven am Rande der Gemüsebeete und Rosenrabatten. Und das erst mit Beginn des Krieges neununddreißig im September, als die Verwahrlosung einsetzte und nach und nach von

Garten und Haus Besitz ergriff trotz der immerwährenden Versuche der Frau Marquardt, die vordringende Wildnis einzuufern, soweit sie es konnte; denn der Maulwurf hielt sich untertage.

– Ick weit ook nich ..., höre ich die Marquardt sagen, hei licht in sien Bett un läst un läst in sien Bäukers, as giwt nix anners tau daun in diss groot Huus ... hei iss nu woll ganz un goor upsternatscht ...

Ich spreche von »Schmalzstulle« Marquardts Mutter, einer verhärmten und zeitig ergrauten Frau mit geblümter Schürze; ihr strähniges Haar hatte sie zu losem Knoten im Nacken geknäult; und manchmal, wenn sie unterm Sonnenfeuer im Garten die Dickbohnen anhäufelte, trug sie einen alten breitkrempigen Männerhut aus gebleichtem Stroh auf dem Kopf.

Während ich mir die Marquardt ins Gedächtnis zurückrief, fühlte ich, wie sich das Hausinnere langsam, aber stetig mit einem Stoff zu füllen begann, den man mit skeptischem Vorbehalt wohl »Vergangenheit« nennt. Mag sein, daß es sich um ein reichlich unpassendes Wort handelt, eher um eine ganz und gar unwissenschaftliche Bezeichnung für einen Zustand der Erinerung, der sich immer gerade dann zu verflüchtigen scheint, sobald man versucht, ihm Genauigkeit abzuverlangen, die Genauigkeit einer Planskizze etwa, einer statischen Berechnung, auf die sich bauen läßt.

Ich rutschte von der Fensterbank. Als trieb mich der Maulwurf an, als fühlte ich mich gefordert, ihn ans Licht zu werfen mit einem kräftigen, tiefen, gezielten Spatenstich. Und ich begriff einfach nicht, wie es in all den verflossenen Jahren zu dieser Abgestorbenheit in meinem Kopf hatte kommen können, Jahre, die aus Familie und Arbeit bestanden hatten, aus der stumpfen, monotonen Reizüberflutung von Fernsehbildern, Radioklängen, Qualifizierungsdrang und Selbstverpflichtungen, Versammlungen und Aufmärschen, dieser immerwährenden geschichtslosen Gegenwart.

Die Stimmen der Männer vom Gartenbauamt rissen mich aus meinen Gedanken:

– Na, was issen nu, Chef? Womit fangen wir an? Mit'n zwei Ahörnern da vorn? Oder erst das Unterholz wech wegen der Planierraupe? Schade isses ja um die Douglastanne da hinten am Zaun …

– Macht, was ihr wollt, sagte ich. Ihr seid die Chiefs vorläufig. Alles, was grün ist, ist euer Bier, Jungs.

Mir war es ernst damit. Sollten sie anfangen. An Aufschub war nicht zu denken. Ich wollte keine Probleme. Und Ärger wollte ich auch keinen.

Andernstags so gegen Mittag kam Siegfried. Ich war gerade zurück, hatte mich kluggelesen im Katasteramt, im Stadtarchiv hinterm Rathaus. Siegfrieds Auftritt war nicht vorgesehn, ein Spiel des Zufalls nicht auszuschließen. Es dauerte, bis wir uns wiedererkannten. Beide zeigten wir uns überrascht. Ausgerechnet auf einer Baustelle trafen wir uns wieder. Viel hätte nicht gefehlt, und wir hätten uns gesiezt nach so vielen Jahren:

Er – Siegfried Bradfisch –, der Stubenhocker und Büchermensch, der namhafte Naturwissenschaftler mit Lehrstuhl für Chemie …

Und ich, der Praktiker vom Bau, an Wind und Wetter gewöhnt, weil häufig – winters wie sommers – unter offenem Himmel tätig.

Er näherte sich von der Straße her, setzte mit legerem Schwung seiner Beine übers rotfahnig ausgelappte Absperrseil. Mit flüchtiger Geringschätzung grüßte er herüber, ein Kopfnicken bloß, bevor er sich besitzergreifend umsah. Ein lästiger Müßiggänger, salopp und jugendlich gekleidet und mit wenig Sinn für Verbotsschilder. Woher sollte ich auch wissen, daß er im Begriff stand, das Grundstück zu erwerben auf neunundneunzig Jahre, wie's üblich ist im Immobiliengeschäft, den Vorvertrag schon in der Tasche.

Und so fiel ich ihm ins Haus, bildlich gesprochen natürlich, aber eben nicht nur bildlich; denn kaum daß wir uns gegenübersaßen auf Baumabschnitten von Ahorn und Birke und Douglastanne und zwanghaft um Wiederbelebung bemüht, was uns einst spießgesellig verbunden hatte, nannte ich ihn »Dicki«.

Ringsum duftete es nach Holz, nach Sägemehl, nach der Würze frischer Baumrinde. Ich nannte ihn Dicki, obwohl ich wußte, daß er eigentlich Siegfried hieß. Ich glaube, es gefiel ihm nicht sofort. Dicki war ihm unangenehm. Aber er hütete sich, es mir zu zeigen. Im Gegenteil, er sagte nach kurzem Überlegen Hansjürgen zu mir. Er schwitzte. Von steil oben hämmerte die Mittagssonne auf den kahlgeschlagenen Garten, aufs Dach des abrißgeweihten Hauses. Nach allem, was ich vorderhand aus ihm herausbrachte, schien er eher enttäuscht zu sein, das Gebäude noch vorgefunden zu haben. Er hatte sich's anders gedacht, hatte sich die Ruine schon weggedacht, geborsten, ge-

sprengt, niedergelegt zu einem Hügel aus Schutt und Schrott.

– Weshalb so eilig, Dicki? wollte ich wissen.

Appetitlos, fast ein wenig angewidert sah er mir zu, wie ich meine Wurstbrote aß und nachspülte mit Kaffeeschlucken aus der Thermosflasche. Er sah mir zu und rauchte eine Zigarette nach der anderen, französische, schwarze, ohne Mundstück und Filter. Er bot mir davon an. Ich nahm eine und hustete heftig.

Er grinste amüsiert. Und augenblicklich kam ihm Erleichterung. Ein wenig weitschweifig erzählte er von Paris und Marseille, von Budapest, von Barcelona, Städte, in die er unlängst zu Gastvorlesungen eingeladen gewesen. Es bereitete ihm offensichtlich Vergnügen, von sich zu reden, von seinen bahnbrechenden Arbeiten auf dem Gebiet der Petrolchemie: Kunstfaser und so, Plaste, du weißt schon: kennst die Schnellebigkeit wissenschaftlicher Innovationen: heute noch mit der Nase vorneweg, morgen schon Makulatur ...

Ich verstand nichts davon, nahm statt dessen noch eine von seinen „Gitanes«, floh lieber in neuen Hustenreiz, als ihm Flagge zeigen zu müssen: meinen Ärger beispielsweise, ja worüber eigentlich? Er war mir nichts schuldig, nicht einmal die gemeinsame Jugendzeit mit ihren Verirrungen. Er stellte einfach keine Fragen, als er jetzt sein künftiges Besitztum ausschritt, hier mal hin und da mal hin und im Vollkreis um den alten zweigeschossigen Bau, der – allen Grünbewuchses beraubt – wie ein bleiches, regloses Fossil unter den Schlägen der glühenden Sonne zu bersten drohte ...

Ja, ich vermute, das war's: sein kommentarloses Zurkenntnisnehmen. Er fragte nicht, mit keinem Wort, mit keiner tonlosen Geste. Statt dessen sagte er beim Anzünden seiner Zigarette:

– Hör mal, Hansjürgen, es wäre verdammt nett von euch, wenn ihr das olle Ding hier endlich wegbekämt. Übernächstes Jahr im Herbst möchte ich hier einziehn mit allem Drum und Dran ... da bin ich dann zweiundsechzig ...

Er lächelte, schwitzte und verscheuchte mit einer hastigen Bewegung seiner brennenden Zigarette einen torkelnden Kohlweißling vor seinen Brillengläsern.

– Was schätzt du: Eine Stange Dynamit, mehr braucht's wahrscheinlich nicht, um hier ratzeputze tabula rasa ...

– Nein, sagte ich, mehr auf gar keinen Fall. Schon mit Rücksicht auf die Nachbarhäuser ... überdies bist du der Chemiker, du der Spezialist ...

Es ist wahr, wir fingen an, uns fabelhaft zu verstehn. Wir hatten die Ruine ein zweites Mal umrundet und standen vis-à-vis der Haustür. Das alte Plasteschild hing noch ein wenig verloren und wackelig an zwei Dübeln im porösen Hausputz:

KINDERBIBLIOTHEK »FIETE SCHULZE«.

Es war dieselbe Stelle, wo vor Jahr und Tag ein Emailleschild schwarz auf weiß Auskunft erteilt hatte über den vorletzten Bewohner.

– Erinnerst du dich, Dicki: Dr. med. Julius Birkenstedt, Facharzt für Augenheilkunde ...?

Dickis Gedächtnis offenbarte partielle Ausfälle. So half ich ihm aus mit einigen Details:

– Dr. med. Julius Birckenstedt war der Sohn des Historikers Professor Dr. phil. Ewald Birckenstedt, warf ich hin, lauernd, ob es ihm dämmern und er danach schnappen würde in plötzlich einsetzender Erleuchtung.

– Ah ja, Momentchen, Brillen bestimmen, Dioptrienzahl, plus und minus, jajajaja. Weißt du, das ist lange her, sagte er und wollte ins Haus treten, wohl um der unerträglichen Sonnenstrahlung zu entfliehen.

Keine Ahnung, warum ich ihn buchstäblich festhielt, warum ich so ungestüm drauf aus war, ihm meine erwachenden Erinnerungen aufzudrängen …

– Und einmal …, sagte ich, … einmal – wahrscheinlich neunzehnachtundvierzig – salbte er mir eine rezidive Hornhautablösung, die aasig schmerzhaft … du erinnerst dich: Studentenball im Ratsweinkeller, du warst als Gast erschienen; angesoffen wedeltest du mir aus purem Jokus und Übermut mit einer Serviette übers Gesicht; zu spät schloß ich mein linkes Augenlid; da war's auch schon passiert; der Ball war aus für mich. Nächsten Morgen warst du's, der mich zu Birckenstedt schleppte, du Dicki …

Ratlos und gelangweilt reagierte er nur mit einem Zucken seiner Schulter. Es schien ihn nicht zu interessieren. Warum sollte es das auch. Denn auch mein Interesse an Birckenstedt junior war ohne Gewicht, sah man einmal davon ab, daß ich ihn lediglich als Einstieg nutzen wollte, als Einstieg in unsere Erinnerungen an Birckenstedt senior, an unseren Maulwurf.

So dachte ich laut an Birckenstedt junior, sprach von dessen merkenswerter Eigenschaft, seine Patienten lebenslang gehaßt zu haben. Es widerstand ihm einfach, die Einreden, das Mäkeln und Deuteln und Besserwissen seiner Sehbehinderten und Bebrillten mit Fassung zu ertragen. So widmete er sich und seine Freizeit beizeiten seinem Hobby, bastelte an optischen Gerätschaften, erfand den Tonfilm ein zweites Mal, verzog sich ins fensterlose Geviert seiner Hobbykammer an langen freudlosen Winterabenden... als müßte er seinen Vater kopieren, Dicki, verstehst du? Und nie erlosch seine Sehnsucht nach Sonne, nach Süden, nach Wärme auf der Haut: Italien, Griechenland, Südfrankreich, die Côte d'Azur – die lebenslangen geistigen Asyle seines Vaters – wollte er aus purem Licht- und Wärmehunger genießen, sich eingraben in den heißen Sand der Badestrände. Schon als junger Student hatte sein Vater ihm in den Endzwanzigerjahren manche Reise südwärts finanziert...

– Du erinnerst dich wirklich nicht, Dicki?

... auch nicht daran, daß Birckenstedt junior gleich nach fünfundvierzig das Haus seines toten Vaters in der Schliemannstraße übernahm, wobei er das spektakuläre Schicksal seines alten Herrn weithin sichtbar ausstellte, wohl um der Fuchtel der Wohnraumbewirtschaftung zu entgehn... unten im Parterre die Praxisräume, im ersten Stock Wohn-, Schlaf- und Rauchzimmer, Hobbykammer, Bad und WC, die Reste der Bibliothek...

– Du erinnerst dich nicht, Dicki?

... auch nicht daran, daß Birckenstedt junior in den späten Fünfzigerjahren die Stadt endgültig verließ und sich in Hahnenklee im Harz niederließ mit den

Resten der Reste seiner väterlichen Bibliothek, die er in Paketen und Koffern und IMI-Kartons als Geschenksendung, keine Handelsware und nicht etwa als grenzüberschreitende Wertpakete...

Nein, Dicki erinnerte sich nicht. Ich war ins Plappern gekommen, und er wußte sich nicht zu erinnern. Weder an den Junior noch an den Senior Birkenstedt erinnerte er sich. In den fünfunddreißig Jahren seines unfehlbaren Aufstiegs war ihm jeglicher Ballast davongegangen. Im Kopf zählte nur, was sach- und fachbezogen. Das mußte wohl so sein in der dünnen Luft der Wissenschaft, überlegte ich. Und mein anerzogener Respekt vor Leistung und Karriere schlug wieder durch. Ich redete mir zu, einzusehn, daß Dicki absolut recht tat, von nun an guten Gewissens an seinem Alterssitz zu bauen und an den Rückzug ins Private zu denken.

Einmal noch muckte ich auf. Während ich das Schild KINDERBIBLIOTHEK »FIETE SCHULZE« aus seiner hinfälligen Verankerung riß und bröselnder Putz uns Hose und Schuhe bestäubte, fragte ich:

– Hand aufs Herz, Dicki, hältst du's für möglich, daß Bildung im Bunde mit hoher Intelligenzrate in außergewöhnlichen Situationen wehrlos macht? Feige, duckmäusisch und kompromißbereit? Du mußt nicht sofort antworten. Aber behalt's mal im Auge: Wäre es nicht denkbar, daß ein Gebildeter und Hochintelligenter im Angesicht einer drohenden Gefahr für seine eigene Person sich ratlos verrennte oder sich gegebenenfalls Ab- und Auswege schüfe in – sagen wir – geistige Reservate wie – sagen wir – Fiktionen und Wunschvorstellungen?

I wo, ich dachte dabei nicht an ihn, wie könnte ich. Ich dachte an nichts und an keinen andern als an unseren Maulwurf, an den Professor Dr. Birckenstedt. Denn schließlich hatten wir ihm diesen Spitznamen einst gegeben. Dicki Bradfisch, Schmalzstulle Marquardt und ich. Und ich dachte an die bösen Saaten in unseren Herzen und Köpfen, denen wir so willig und behende Auftrieb verschafften ... damals.

Hätte ich nicht besser fragen sollen: Na los, Dicki, sag's frei heraus: Wer von uns dreien trägt noch immer die Augenbinde, die Blindnis vorschützt:

Du, Dicki?

Oder er, Schmalzstulle Marquardt?

Oder ich, Hansjürgen?

Ohne zu zögern, hätte er antworten können: Schmalzstulle, das weißt du, ist lange tot.

Und ich hätte ihm dann erwidert: Und wir, Dicki? Was sind wir?

Aber Dicki war schon ins schützende schattige Dunkel der Ruine geschlüpft, genau dorthin, wo einst der Maulwurf lebte, unser Maulwurf und Professor. Wo die Küche einst stand und es immer ein bißchen nach ausgeströmtem Leuchtgas roch und nach Schuhwichse, nach Thymian und Feigen- und Pflaumensüße amerikanischer Virginiazigaretten. Dort stellte ich Dicki:

– Wie das alles kam, sag du's, Dicki.

– Nein, sag du's, Hansjürgen.

– Weshalb ich, Dicki?

– Weil du hier zu Hause hängengeblieben bist, Hansjürgen, hängengeblieben wie ein Sitzenbleiber. Du bist der Heimatkundler unter uns ...

Die Ironie war nicht zu überhören.

– Na schön, sagte ich. Aber fall mir sofort ins Wort, sollte ich zu spinnen anfangen. Sag »Halt!«, wenn die Einbildung mich narrt, du weißt schon ...

– Jajajaja ...

Mein Vater und der Professor schienen sich zu mögen. Sie grüßten einander mit Wohlwollen, wenn auch mit der Scheu berufsbedingter Distanz. Mit der Zeit ließ sich sogar eine wachsende Zuneigung der beiden Männer zueinander entdecken. Aber man mußte schon genauer hinsehn.

Manchmal, wenn ich meinem Vater auf den Abend zu mit meinem Tretroller die sacht abschüssige Laurembergstraße entgegenlärmte, um ihn von der Straßenbahnhaltestelle in der Parkstraße abzuholen, sah ich sie beide näher kommen, in ein Gespräch vertieft. An der Ecke, wo die Schliemannstraße abzweigte, trennten sie sich mit einem Händedruck. Vater querte den Fahrdamm, passierte das Häuschen des Heilpraktikers Klapprot und setzte seinen Nachhauseweg gradeaus fort, während der Professor mit nachschleifendem rechtem Bein und gewöhnlich mit einem Buch unterm Arm seiner sepiabraunen Villa zustrebte.

– Birkelstein – Humpelbein – altes Schwein ..., grölte ich ihm hinterher und flüchtete auf meinem Tretroller vor einer drohenden Backpfeife Vaters. Ich war wohl sechs oder sieben damals.

Natürlich wußten wir, daß er Birckenstedt hieß. Professor Dr. Ewald Birckenstedt. So stand es zweifelsfrei an der Gartenpforte seines schönen großen Hauses zu lesen in erhabenen Antiqua-Versalien. Er war schon weit über sechzig, als ich ihm das erstemal begegnete. Die Herbstferien hatten gerade begonnen. Auf dem geschotterten Tummelplatz unweit seines Hauses spielten wir Völker- und Treibball, und viel hätte nicht gefehlt, und ich hätte den alten Mann mehr absichtlich als aus Versehen am Kopf getroffen. Doch anstelle einer Entschuldigung riefen wir ihm hinterher:

– Birkelstein – Humpelbein – altes Schwein!

Schweigend und ohne eine Regung von Ärger oder Zorn zu zeigen, hinkte er weiter, bis wir seinen kanariengelben Haarschopf im Wegtauchen ins Grün seines Vorgartens aus den Augen verloren. Er machte uns trotzdem Eindruck, das war nicht zu leugnen. Ein Hauch von weltabgewandter Gelehrsamkeit umfloß seine hagere Erscheinung; nur als Kind fühlt man das: wie Lächerlichkeit eine andere Art von Würde sein kann und als wäre das eine nicht ohne das andere zu ertragen. Nicht einen Augenblick lang zogen wir in Zweifel, daß der Professor Birckenstedt hier in dieser vornehmen und verschwiegenen Straße durchaus am rechten Platz lebte. Überhaupt schien es uns, als hätte auf die lindenbestandene alleeartige Straße mit ihren im Grünen verborgenen Villen abgefärbt, was wir ihren Bewohnern mit suggestiver Gewalt anhefteten: Auserwähltheit, die Aura der höheren Einkommen, Lebensqualität von Rang – alles Dinge, deren unsereiner wohl niemals teilhaftig werden würde.

Trotzdem war kein Neid im Spiel, wenn Mutter

darauf bestand, uns gefälligst mit Anstand aufzuführen, wenn wir denn schon durch die stille Schliemannstraße randalierten und krakeelten mit Ball und Tretroller und Ziehwagen. Ihre naive unterwürfige Haltung belustigte uns. Vielleicht ahnten wir, daß hinter ihren Respektbezeigungen ein Traum sich regte, der Traum möglicherweise vom eigenen Häuschen mit Vorgarten und separatem Kellerzugang für Lieferanten und Kohlenträger, denen sie in Momenten einer Anwandlung von Milde ein Trinkgeld zustecken konnte. Selbst Vater, dem dieser Traum vom »Glück im Winkel« – wie er sich gelegentlich ausgedrückt hatte – reichlich verdächtig, ja nachgerade dösbüdelig vorkommen wollte, selbst Vater wählte, wenn er zur Haltestelle der Straßenbahnlinie eins eilte, fast immer den nicht unerheblichen Umweg über die Laurembergstraße. Ich weiß nicht, warum er das tat.

Im selben Herbst neunzehnhunderzwounddreißig schied Birckenstedt offiziell aus dem Universitätsleben aus. Im »Anzeiger« unter der Rubrik Hochschul-Nachrichten las man es tags drauf genauer, nämlich so: Professor Birckenstedt habe die vorgeschriebene Altersgrenze erreicht und zöge sich mit dem Ende des Wintersemesters zwounddreißig-dreiunddreißig ins Privatleben zurück, um freilich im stillen wissenschaftlich fortzuwirken.

Im gleichen Jahr war ihm übrigens seine Ehefrau gestorben, was Vater zu der Bemerkung veranlaßte: Kein gutes Jahr für ihn. Beider Tochter – so erzählte man sich – hätte das Elternhaus bereits zu Beginn der großen Wirtschaftsrezession verlassen, um in den

Vereinigten Staaten von Nordamerika einen deutschblütigen Rechtsanwalt namens Simon Goldstein zu heiraten. In Hartford im Staat Connecticut lebe sie glücklich und zufrieden und habe ihrem Mann bereits das zweite Kind zur Welt gebracht. Ihrem alten Vater an der fernen Baltic Sea schicke sie regelmäßig alle Monate ein zollpflichtiges Paket mit fünfhundert Virginiazigaretten. Jawohl, auswandern hätte er sollen beizeiten, dem Elend aus dem Wege gehn, wer wisse, was noch alles auf ihn zusteure; und auf den Sohn Julius als Hoffnungsstütze sich zu verlassen ... that's the question, that will be uncertain ...

Man erzählte sich viel über den Professor, der nunmehr sein geräumiges Haus mutterseelenallein bewohnte. Und manch einer aus penibel gutbürgerlichem Kreis wollte auf den Punkt genau wissen, was zu erwarten stünde heute oder morgen oder übermorgen: daß Schmutz und Desolation dem Geistesversunkenen über den Kopf wüchsen. Und überall unter Tisch und Bett und Schrank die Wollmäuse.

Mutter meinte dann auch mit einem unüberhörbaren Beiton von Mitgefühl:

– Wie er sich da wohl wird durchpütschern woll'n, der alte Herr.

– Unsinn, sagte Vater. Und er verwies auf die naheliegende Möglichkeit, eine Reinemachfrau einzustellen. So manch eine warte doch nur darauf, für die Familie ein Zugeld zu verdienen in Zeiten wie diesen.

Es waren die Jahre der großen Erwerbslosigkeit, des Massenelends, der Suppenküchen und der Quäkerspeisung in den Volksschulen. Auch Vaters Geschäfte gingen schlecht, so schlecht, daß er seine berufliche Misere nicht länger verschweigen konnte und wollte und ins Ausplaudern kam. Das war uns neu: Vater, dem der Mund überlief. Gewöhnlich saß er eher wortkarg am Abendbrottisch und aß lustlos; und Mutter bemäkelte dann gern und ausgiebig seine gedrückte Stimmung, hielt sie für eine bloße Laune, hin und wieder auch für Kritik am spärlich Aufgetischten; und gar nicht selten schob sie den Mangel an diesem oder jenem auf seinen uneingestandenen Geiz, den sie ihm nur zu gern bescheinigte, indem sie zu sticheln anfing:

– Ja, ich weiß, Heinrich, unterwegs auf deinen Abstechern, wo du dir selbst überlassen bist und keiner von uns dir auf die Teller kucken kann, da wirst du Besseres gewöhnt sein. Gott ja, wenn es so ist, dann mußt du mir schon ein paar Mark zulegen zum Hausstandsgeld.

Vater sah dann gewöhnlich auf, hielt mit Kauen inne und erwiderte sehr beherrscht, so daß ich ihn bewunderte:

– Du verstehst die Zeichen der Zeit nicht, Elfriede. Nichts verstehst du. Was soll man bloß mit dir anfangen?

Vater sprach oft von den Zeichen der Zeit. Ganz besonders in den letzten Wochen und Monaten. Ich machte mir dann immer festumrissene Vorstellungen davon, dachte an die auffälligen Einkerbungen mit dem Taschenmesser in die Rinde der Buchen und Blautannen im Barnstorfer Wald, wie es Liebespärchen eben so trieben. Oder ich rief mir die weißen Rauchsignale am Sommerhimmel ins Gedächtnis, wie sie Doppeldeckerflugzeuge hinter sich ließen, IMI und WÄHLT HITLER; und merkenswert blieb mir das DEUTSCHLAND ERWACHE in weißer Schrift auf langer roter Schleppfahne hoch oben überm Warnemünder Badestrand. In der Bläue des unendlichen Raumes über mir dehnte sich in meiner Fantasie sowas wie der unerschöpfliche Vorrat an Zeit, der vor mir lag, ganz allein vor meiner kleinen unsterblichen Person. Und die Ewigkeit nahm später in meinem Denken stets die Farbe Blau an.

Heute am Abendbrottisch war alles anders. Vater lief der Mund über; in ausschweifenden Erklärungen erging er sich darüber, wie schwer es ihm falle, den Schornstein des Hauses am Rauchen zu halten. Kaufkraft und Kauflust seien auf ein Minimum geschrumpft. Das sei es, was er auf seinen Geschäftsreisen durch die Badeorte entlang der pommerschen und mecklenburgischen Küste zu spüren bekomme und sonst nichts. Und er frage sich manchmal, weshalb er sich fünf Tage in der Woche per Eisenbahn und Postbus mit Musterkoffer und Auftragsbüchern aufs flache Land begebe, um den Weißkitteln in Apotheken und Drogerien seine Mullbinden und Pillen, seine Sonnenschutzcremes und Duftwässer aufzuschmeicheln. Da müsse einer schon einen langen und zähen Geduldsfaden mit auf Tour nehmen, um nicht kehrtmarsch zu machen. Und genaubesehn hielten ihn allein die knickrig genug bemessenen Spesensätze am Leben, dergestalt, daß er in billigen Gasthöfen einkehre zur Übernachtung und mit halben Aufschnitten vorliebnehme oder mit 'ner fettlosen Bouillon und 'ner drögen altbackenen Semmel an erfolglosen Abenden. Seine Seele flüchte dann in zerlesene Kriminalromane aus der Leihbibliothek, um sich schließlich auf durchgelegenen Betten mühsam einzuschläfern.

– Ach ja? fragte Mutter nach; und ihr Lächeln ähnelte einem Bravo, Heinrich!, wie man es Sängern oder Schauspielern zurief nach einem besonders geglückten Auftritt. Und spitzzüngig stach sie zu:

– Für dein Lübzer Bier hast du immer deine Rücklagen in der Westentasche. Und für deine Predigten am Wochenende in »Gecelli's Weinstuben«.

Ich war zu jung, um Partei zu ergreifen. Voller Spannung beobachtete ich, wie Vater sich in seiner zusteigenden Erregung eine Bücklingsgräte aus der zusammengepreßten Lippenspalte klaubte, indes seine Fingerspitzen immerzu danebengriffen. Bis er aufstand, seine Serviette auf den Tisch warf und hinausging, um seine Mundhöhle andernorts zu entleeren.

Ich ließ mich den Stuhl abwärts und untertisch gleiten, um ungesehn und ungehört mich auszuschütten vor Schadenfreude. Predigen – so dachte ich –, predigen könne man mit Erfolg eben bloß mit leerem Mund. Wie oft hatte mich Vater mit solcher Weisheit gefüttert. Eine einzelne piekende Bückelgräte überführte ihn nun der öden Besserwisserei. Wollte mich blau lachen da unten zu Füßen meiner Mutter; blau, weil ich nicht wagte, Luft zu holen. Und weil ich nicht ersticken wollte und Vater gerade wieder hereinkam, um zu Ende zu essen, und ich untertisch zu prusten anfing – erlöst und ängstlich zugleich –, bemerkte Vater mein aufmüpfiges Gedalber. Er zog mich ans Licht. Er überlegte, ob er mich ohrfeigen sollte, wechselte jedoch unerwartet das Thema.

Erstmals sprach er über Professor Birckenstedt. Er sah mich dabei drohend an:

– Und außerdem, mein Sohn, heißt er Birckenstedt und nicht Birkelstein. Daß du mir nicht noch einmal hinter ihm herblökst wie ein entlaufenes dämliches Schaf, hastu verstanden?

Ich sagte ja. Und wurde im Geiste schon wortbrüchig, kaum daß ich es ausgesprochen hatte, dieses Ja.

Im Nachfassen belehrte mich Vater, daß es nicht angängig sei, einem Veteranen und Kriegsopfer der vergangenen Schlachten solch blöden Schimpf anzutun. Er baue fest auf meine Einsicht. Schämen müsse man sich ja für so einen Dummquatsch von Sohn.

– Ja, sagte ich.

Was ich schwerlich erwartet hatte: daß Mutter mich in diesem Fall verteidigte. Nicht so sehr mein Tun unterstützte sie, jedoch schienen ihr meine offenkundig zutage getretenen Abneigungen gegen den Professor zuzusagen. Unverblümt gestand sie ein, ihn entschieden weniger zu mögen, als Vater ihn mochte. Sie sagte:

– Schließlich und endlich verkehrst du mit ihm, Heinrich.

Ihre Kritik war nicht zu überhören. Vater indes winkte ärgerlich ab.

– Unsinn, sagte er. Ich verkehre nicht mit ihm. Wann und wo sollte ich dazu wohl Gelegenheit haben, Elfriede?

– In »Gecelli's Weinstuben«, wo denn wohl sonst! replizierte Mutter in sehr bestimmtem Ton. Und sie spielte zweifellos auf Vaters Gewohnheit an, freitags oder samstags auf ein Stündchen oder zwei in ein Lokal zu gehn, um – wie sie's verstand – der Enge der eigenen vier Wände zu entfliehn und trügerische Bekanntschaften zu schließen. Trügerisch, jawohl, das war's, worauf es ihr ankam. Und daß sowas kein Gespann ergebe: ein Handlungsreisender in Parfümerieartikeln und ein Professor-Doktor und Universitätsgelehrter für Alte Geschichte. Nein, o nein, sowas harmoniere nun mal beim allerbesten Willen nicht zusammen …

Von alledem verstand ich wenig. So hielt ich mich bedeckt im Schutz der kreisrunden Tischplatte über mir und kritzelte Männchen auf die Rückseite von Vaters aussortierten Reklamezetteln der vergangenen Badesaison: Gesunde Sonnenbräune mit Dr. Schroeders Nordsee-Laboratorium. Eine wohlgefällige Badenixe ritt auf der Schaumkrone einer Meereswoge strandwärts mit ausgebreiteten Armen, um die Sonnenstrahlen einzufangen … ich fand's geradezu affig. Also malte ich im Gegenzug Männchen mit spillerigen Gliedmaßen; und einem der beiden Beine verpaßte ich einen ins Auge fallenden Knick.

Vater witzelte denn auch prompt beim Anblick solcher Krakel beziehungsreich:

– Hat wohl'n ordentlichen Heimatschuß abgekriegt, der Schlaks? Oder wie versteh ich das?

Das fiel mir auf: Vater sprach häufig in den Kategorien des Krieges. »Im Felde«, sagte er. Und: »Heimatschuß.« Und: »Vorne flimmert's, und hinten sind die besten Plätze …« Er erwartete dann, daß ich lachte. Jedoch im Unterschied zum heraufziehenden Geist in den Köpfen gewisser Bekannter und Verwandter verherrlichte er den Krieg nie. Auch hatte er mir nie Bücher solch einschlägiger Art auf den Weihnachts- oder Geburtstagstisch gelegt …

Malte also Männchen im Halbdunkel und dachte mir eigene Verse aus: Humpelbein, dachte ich. Und in meinen Gedanken an Birkelstein stellte ich mir eine Bleikugel vor, so groß wie eine Murmel, wie sie im Kniegelenk des Professors stak und zu wandern anfing, dem Herzen zu. So oder ähnlich hatte es mir Vater einmal zu erklären versucht, wenn er in seinen Erinnerungen »aus dem Felde« kramte.

Aber so ganz, so ohne Einschränkung und ohne Vorbehalt, traute ich seinen Worten denn doch nicht. Denn daß er sehr wohl in »Gecelli's Weinstuben« mit Birckenstedt zusammengesessen hatte, dafür konnte ich Zeugnis ablegen. Und eigentlich hätte er es wissen müssen, daß ich es wußte. Vielleicht war es ihm entfallen, daß er mich einmal mitgenommen hatte zu Gecelli spätnachmittags auf dem Heimweg von Nitzels Friseursalon, wo wir uns beide die Haare hatten schneiden lassen. Zuerst wollte er mich allein nach Hause schicken; dann besann er sich und ließ mich mitgehn, spendierte mir sogar eine Tasse Mockturtlesuppe, so siedend heiß, daß ich mir beim ersten Löffel Mund und Zunge verbrannte, während er sich seinen Rheinwein servieren ließ, erst einen Schoppen und dann noch einen.

Und da sah ich ihn, den alten Birckenstedt. In der rüstergetäfelten Nische saß er einsam und lichtscheu vor seinem Weinglas und las in einem Buch, selbstvergessen, das Gehör blockiert gegen alle Umwelt. Löffel für Löffel linste ich zu ihm rüber. Nach einer Weile klappte er sein Buch lautlos zu, stand auf und humpelte zur Treppe, die hinabführte ins WC, aber er war nur auf die Zeitungen aus, die neben dem Geländer zum Niedergang an der Holztäfelung hingen, eingespannt in schwarzbeschriftete Klemmrahmen. An seinen Tisch in der Nische zurückgekehrt, verschanzte er sich hinter der »Frankfurter Zeitung«, er las sie ausdauernd und sehr gründlich. Sein falbes Knittergesicht zeigte er nur, wenn er Gecelli bedeuten wollte, ihm noch einen Schoppen Wein an den Tisch zu bringen. Das war der passende Augenblick, den Vater nutzte, um seinen Gruß anzubringen. Wie ich fand, tat er das ein bißchen sehr auffällig und devot. Birckenstedt grüßte stumm zurück, wortlos nikkend und flüchtig, wobei er sein Gesicht mit dem bläulichen Rauch seiner Zigarette regelrecht einzunebeln trachtete, als wollte er es vor aller Welt unsichtbar machen. Der süßliche, an Backpflaumen und Feigen erinnernde Duft drang bis an unseren Tisch.

Ich schnupperte hörbar. Und Vater raunte mir etwas zu: Virginia, sagte er.

Ich sah ihn fragend an. Er sagte: Ri, ra, rutschika, wir fahren nach Amerika ...

Er wollte mich anscheinend zum Lachen bringen. Also lachte ich. Aber ich wußte eigentlich nicht, warum ich so lachte.

Kurz darauf drückte er mir ein Groschenstück für die Straßenbahn in die Hand und schickte mich nach Hause. Er werde in Kürze nachkommen, versprach er. Ich traute seinen Worten nicht. Und von draußen spähte ich lange durch die seegrün eingefärbten Butzenscheiben und ärgerte mich, daß sich nur Schatten ausmachen ließen, die sich hin und her bewegten; und ich bildete mir ein, daß es sich um Gecellis Schatten handeln müßte, wie er mit seiner Weinflasche reihum an die Tische trat, um nachzuschenken. Erst als jemand die Weinstuben verließ, konnte ich einen Moment lang durch den Türspalt erkennen, daß Vater und Birckenstedt inzwischen Tisch und Flasche teilten, Gesicht gegen Gesicht wie zu geheimer Absprache.

So ein Schwindler, dachte ich. Weshalb schmiert er sich bloß so dicht an Birckenstedt heran. Diese Frage beschäftigte mich auf dem langen Nachhauseweg; für das Fahrgeld hatte ich mir eine Tüte Vanilleeis gekauft.

Zu Weihnachten lud Vater den Professor zum Karpfenessen in unsere Wohnung ein. Mutter zeigte sich erwartungsgemäß alles andere als erbaut davon. Sie fand einen Vertrauensbeweis von solch rigoroser Art ganz und gar unpassend. Mutter hielt auf Tradition. Der Heilige Abend, so meinte sie, sei nun mal ein Fest der Familie. Und unser Tannenbaum stünde nun mal nicht in »Gecelli's Weinstuben« neben der Theke, sondern in einer deutschen Wohnung.

– Die Konversation übernimmst dann wohl du …, sagte sie erzürnt und zeigte sich zu keinerlei Kompromiß bereit.

Ich fand, daß sie recht hatte.

Zu Vaters Verblüffung folgte Birckenstedt der Einladung. Pünktlich zu verabredeter Stunde fand er sich in unserer kleinen Dreizimmerwohnung ein. Mutter zog sich in ihre Küche zurück. Als Vater mit einer Flasche Bordeaux aus dem Keller in die Küche trat, um sie unterm Handstein von Spinnweb und Kalkstaub zu reinigen, tuschelte Mutter ihm vom Herd her zu:

– Hast du bemerkt, daß er ziemlich kränklich aussieht? Ganz gehl ist er im Gesicht und besonders unter den Augen herum. Bestimmt ist er leidend. Ob er trinkt? Natürlich könnte es auch die Galle sein. Steine oder so. Oder noch weit Schlimmeres. Hoffentlich ist es nichts Ansteckendes, Heinrich. Dann täte er weißgott besser, sein großes Haus zu hüten …

Vater lachte leise. Es war seine Art, die eigenen Zweifel zu unterdrücken. Ich kauerte an der geöffneten Küchentür, den Mund voll schmelzender Reliefschokolade. Der Karpfen lag bläulich schimmernd in der Jenaer Glasschüssel, das Schwanzende gekrümmt. Es duftete nach Wurzelwerk und Zwiebeln, nach brodelndem Essigwasser, dessen Dämpfe vom Herd aufstiegen und die Fensterscheiben tropfig näßten. Mutters Augen tränten vom Reiben des Meerrettichs. Sein beißender Geruch drang auf mich ein und verleidete mir vorübergehend den Genuß an der Vollmilchschokolade. Mutter rief mich zurück in die Küche und drückte mir ein pfennigstückgroßes Päckchen aus Zellophan in die Hand.

– Gib sie dem Professor, sagte sie. Eine Karpfenschuppe wird ihm vielleicht Glück und Dusel bringen. Ich vermute, er hat's nötig …

Ich gewann ganz den Eindruck, als meinte sie es ehrlich; denn Mutter war abergläubisch. Wenn sie's auch nicht zugab. Und wenn sie von Glück und Dusel sprach, tauchte vor ihrem geistigen Auge das traumverlorene Ziel von Erfolg und Gesundheit auf, möglicherweise sogar von Bargeld. Wie ein fernes, trügerisch funkelndes Gestirn erleuchtete es ihre Hoffnungen.

Ich wußte wenig mit solchen Phantasmagorien anzufangen. Was bedeutete mir Glück? Ich war sieben Jahre alt. Die so diskret versiegelte Fischschuppe brannte in meiner geschlossenen Hand. Ich schwankte, ob ich ihrem Zauber trauen sollte oder nicht. Als ich das Wohnzimmer betrat, sah ich Birckenstedt in einem der Clubsessel sitzen neben dem Radioapparat. Er saß auf Vaters angestammtem Platz. Er blätterte in einem Buch, in blaugraue Wolken gehüllt. Virginia und Backpflaumen und Rirarutschika, wir fahren nach Amerika. Weshalb fuhr er nicht? Was hielt ihn fest; und das ausgerechnet bei uns? Erstmals war ich ihm zum Berühren nahe. Ich bemerkte seinen orthopädischen Zugstiefel. Und im ersten Moment fand ich seinen Klumpfuß reichlich drollig, wie er aus dem engen Hosenbein herausragte wie etwas Fremdes, das nicht zu ihm gehörte. Dann wechselten meine Empfindungen ganz unvermittelt: Ein Krüppel ist er, dachte ich, igittigittigitt. Ich spürte die stürmische Weigerung in mir wach werden, nie und nimmer und unter gar keinen Umständen mit ihm gemeinsam Tisch und Tafel zu teilen, um Karpfen mit Salzkartoffeln, klarer Butter und Meerrettich zu essen. Der bitterlich scharfe Dunst aus der Küche holte mich ein und verstärkte noch meinen Widerwillen.

Im Radio hatten die Kirchenglocken aufgehört zu läuten. Ein bekanntes Weihnachtslied mit Posaunenbegleitung setzte ein. Und jetzt erst schien Birckenstedt von meiner Anwesenheit Notiz zu nehmen. Einen Augenblick lang sahen wir uns wechselseitig in die Augen. Schnell wich ich seinem Blick aus. Ich hatte Angst, er könnte mir meine gehässigen Gedanken von den Lippen ablesen. Ich schämte mich. Ich dachte wieder an die Fischschuppen in meiner feuchten Hand. Ich mißgönnte ihm Mutters Glücksbringer. Gern hätte ich sie vor ihm versteckt gehalten, um sie ihm nicht aushändigen zu müssen.

Vielleicht gibt es Übereinkünfte ganz unerklärlicher Art, vielleicht auch sowas wie Vorwissen, das unsere kindlichen Urteile in ungewollte, aber desto zwingendere Richtungen lenkt. Jedenfalls konnte ich nicht länger leugnen, daß ich Mutters Abneigung aus tiefstem Herzen teilte. Ich mochte Birckenstedt ganz einfach nicht. Und weil ich ihn nicht mochte, roch er auch ganz plötzlich nicht gut. Es war mir, als sandte seine körperliche Gegenwart geheime und unwillkommene Botschaften aus; sein bloßer Anblick bereitete mir Ekel; der schien seinem behinderten Bein ebenso zu entströmen wie seinem schütteren kanariengelben Haar, das ihm wie gebleichtes Stroh über der Stirn hing. Und über allem schwebte der süßliche Duftschwall seiner exotischen Zigarette, die ihm schlaff und reglos im Mundwinkel welkte.

– Birkelstein – altes Schwein …,

hätte ich am liebten ausgerufen und mich hastig davongemacht. Es lag etwas Rufmörderisches in der kindlichen Reimlust, ganz gleich, ob die klangtragenden Wörter nun einen Sinn ergaben oder nicht. Das Wort, auf das es ankam, erfuhr durch die Reimpaarung eine geradezu erlösende Verstärkung. Wie ein

Degenstoß stieß der gedoppelte Vokal zu und riß die beabsichtigte Wunde. Wehrlos, weil ahnungslos, saß er da, nippte am Weinglas und rauchte, wobei er mich nicht aus den Augen ließ.

Heute bin ich nahezu sicher, daß mit diesem Abend alles begonnen hatte. Meine einmal in Gang gesetzte Fantasie fing an diesem Weihnachtsabend an, sich zu verselbständigen. Und die Ereignisse, sosehr sie sich auch ohne mein Zutun vollzogen, fanden in einem solchen Maße meinen Beifall, daß ich mein Leben lang ein Schuldgefühl mit mir herumtrug. Eine Art Mitverantwortung, so könnte man es vielleicht nennen.

Ein knappes Vierteljahr drauf – an einem naßkalten Märzsonntag – begleitete ich meine Eltern auf ihrem kurzen Fußweg in die Parkstraße, wo sich ihr zuständiges Wahllokal befand. Unter der Eisenbahnunterführung kam uns ein Trupp SA-Leute entgegen in ihren braunen Winteruniformen. Ich blieb wie angewurzelt am Prellstein stehn und hob meinen rechten Arm zum Gruß.

Vater betrachtete mein Tun zuerst kopfschüttelnd; dann sagte er:

– Los, komm jetzt. Was soll denn das?

Er sprach leise, als wollte er die Hemmung seiner Zunge niemanden wissen lassen. Aber seine Verstimmung war nicht zu überhören.

Die SA-Männer sangen: »Brüder in Zechen und Gruben ...« Sie trugen lange braune Mäntel mit Koppel und Schulterriemen. Die karmesinroten Einfassungen ihrer Kopfbedeckungen mit den Silberlitzen und dem herabgelassenen Sturmriemen gefielen mir. Einigen baumelte ein kurzer Dolch in einer Scheide am Lederkoppel, der mir außerordentlich imponierte. Ich erkannte in der Dreierkolonne unseren Milchmann Kraak wieder. Ich identifizierte ihn sofort an seinem vorgewölbten Bauch, über den er gewöhnlich seinen erdfarbenen Ladenkittel, manchmal auch seine weiße Schürze trug, wenn er in seinem Eckgeschäft aus der großen verzinkten Deckelkanne die frische Milch schöpfte mit einem Meßgefäß. Seine stets ein wenig geröteten dickfleischigen Hände beeindruckten mich sehr, ich wertete sie als ein überzeugendes Zeichen seiner Körperkraft. Einmal beobachtete ich ihn, wie er eine der schweren gefüllten Kannen von der Straße weg drei Stufen hoch in seinen Laden trug mit einer Leichtigkeit, als handle es sich um Spielzeug.

– Kommst du jetzt endlich! drängelte Vater.

Er zerrte mich gewaltsam vom Rinnstein zurück aufs Trottoir, wo Mutter fröstelnd und voller Ungeduld von einem Bein aufs andere trat.

– Was soll'n das, dies Männchenbauen! Was bist du doch für ein Schafskopp, sagte sie.

»Brüder in Zechen und Gruben ...«, hallte es unter der Eisenbahnbrücke. Ich verstand den Sinn der Worte nicht. Nur daß Mutter öfters davon sprach, daß Vater wieder eine recht stattliche Zeche gemacht habe bei Gecelli in der Steinstraße oder im »Stralsunder« in der Wismarschen. Ich begann mir vorzustellen, wie die SA-Männer die Parkstraße hochzögen bis ans Ende, um im Sport-Palast zu zechen und umschichtig im Keller die Kegel zu schieben. Und Milchmann Kraak erklärte ich im voraus zum Sieger. Derart groß war mein Respekt vor seiner titanenhaften Erscheinung.

Als wir die Stufen der Gewerbeschule emporstiegen unter feuchtklammen Fahnentüchern, die vom Vordach des Portals reglos herabhingen, setzte Vater seinen steifen schwarzen Hut ab. Praliné nannte Mutter das melonenförmige Unding, das ich schon immer zum Kringeln komisch fand. Ich fühlte daher Erleichterung, als Vater mit uns barhäuptig die Stufen zum ersten Stockwerk hinaufstieg.

Überall in dem weitläufigen Schulgebäude herrschte eine Stille wie in einer Kirche. Mutter hatte sich in Vaters Arm eingehängt. Da sie das so häufig nicht tat, entnahm ich ihrem Verhalten, daß sie anscheinend vor irgend etwas Schutz suchte. Ich machte mir darüber aber keine weiteren Gedanken und blieb statt dessen alle naslang vor einer der Glasvitrinen stehn, um mir die technischen Lehrmodelle anzusehn: den Längsschnitt durch eine Dampfmaschine zum Beispiel oder durch ein verwirrendes Pumpwerk mit seinen goldglänzenden Messingrohren und hochrot lackierten Rohrwandungen.

– Nun komm schon ..., dremmelte Vater.

Seine Stimme erzeugte auf dem langen gebohnerten Gang einen wohlklingenden Widerhall. Auch das Öffnen und Zuwerfen der Klassenzimmertüren machte rollende Echos.

Gehorsam eilte ich meinen Eltern nach, indem ich über die Karomuster des blitzblanken Linoleumbelags hüpfte und Himmel-und-Hölle spielte.

– Läßt du das jetzt! schnauzte Mutter.

Wütend nahm sie mich an die Hand wie einen widerspenstigen Köter an die Leine.

Es lag etwas in der Luft, für das ich keine plausible Erklärung wußte. Es roch nach Bohnerwachs und verschütteter Tinte. Meine Eltern kamen mir fremd vor und wie ausgewechselt. Zwei SA-Männer in Braunhemden wiesen uns den Weg ins Wahllokal. Zu beiden Seiten der Tür hingen wieder aufgepflanzte Fahnen an langen schwarzen Schäften, eine schwarz-weiß-rote und eine mit dem Hakenkreuz. Davor standen ebenfalls zwei SA-Männer. Sie schnitten merkwürdig feierliche Gesichter, die unter dem Schirm ihrer Mützen die Starre von handgeschnitzten Kasperle-Figuren annahmen, als wir an ihnen vorbeigingen. Ihre Arme hatten sie spitzwinklig in die Seiten gestemmt. Und als mein Vater »Guten Morgen!« sagte, sagten sie: »Heit-ler!« Um sie zu besänftigen, summte ich laut die Melodie von »Brüder in Zechen und Gruben ...« und dachte dabei an Milchmann Kraak, wie er wohl in diesem Moment ein Henkelglas mit Bier in seiner lachsroten Pranke schwenkte und »Deutschland erwache!« schrie. Und die schwere Kugel aus Hartholz rollte mit Getöse und von gewaltigen Echos begleitet in die neun aufgestellten Kegel, die alle auf einmal umfielen.

Plötzlich bemerkte ich Professor Birckenstedt. Ich glaube, Vater hatte nicht mit seinem Erscheinen gerechnet, schon gar nicht zu so früher Vormittagsstunde. Sie unterließen es, sich die Hand zu geben. Sie nickten einander nur stumm zu, ohne eine Gemütsregung zu zeigen. Ich gewann ganz den Eindruck, als sei beiden die Begegnung an diesem Ort peinlich oder zumindest unangenehm. Im Lichte dessen, wie es die beiden miteinander hielten, kam mir so ein Verhalten denn doch ziemlich merkwürdig vor. Weshalb versuchten sie zu mogeln?

Birckenstedt war vor uns gekommen. Er hatte gerade Stimmzettel und Kuvert von einem Mann im Sonntagsanzug entgegengenommen und begab sich hinüber zur Wahlkabine. Ich hörte, wie sein rechter Schuh auf dem Fußboden ein schabendes Geräusch erzeugte. Dann war er hinter einem Vorhang aus schwerem grünem Flauschstoff verschwunden. Während ich noch darüber nachdachte, was er wohl in der Enge des hölzernen Kabuffs anstellte, gab Vater dem Gewerbelehrer Bradfisch die Hand.

Beide kannten sich schon lange. Bradfisch wohnte nur wenige Häuser weiter weg von uns in derselben Straße. Und Siegfried – Bradfischs einziger Sohn – war so alt wie ich und einer meiner engsten Freunde. Dicki nannten wir ihn, weil er für sein Alter reichlich klein und dick und rundlich geraten war und Mutter gelegentlich den Verdacht geäußert hatte, das arme Kind könnte womöglich an einer Drüsenkrankheit leiden. Vater fand solcherart Mutmaßungen in meinem Beisein wenig dienlich im Sinn einer gedeihlichen Nachbarschaftsbeziehung; und warnend faßte er mich ins Auge, als müsse er mir absolutes Stillschweigen verordnen. Ich tat, als hätte ich weggehört. In Wahrheit stellte ich insgeheim Betrachtungen an über etwaige Zusammenhänge zwischen Dickis Krankheit und seinen höllischen Manschetten, die er vor seinem Vater hatte, insbesondere vor dessen Strafgerichten nach geringfügigsten Vergehen.

Bradfisch trug unter seinem Glenchecksakko mit den sportlich aufgesetzten Taschen ein Braunhemd und einen schwarzen Binder mit einem versilberten Hoheitsadler auf dem Knoten. Auch er zog ein Sonntagsgesicht, als er und Vater sich die Hände reichten und so taten, als tauschten sie irgendwie geartete Beileidsbekundungen aus. Heute müsse eben doch ein ganz besonderer Tag sein, dachte ich, zumal ich an Bradfisch die schwarzen glänzenden Schaftstiefel vermißte, die er für gewöhnlich auf der Straße und im Unterricht trug. Und hätte er nicht wenigstens – wie es sonst seine Art war – zu Vater sagen können:

– Tag, Heinrich, wie geht's, wie steht's?

Seine Worte hatten sich mir fest eingeprägt, nicht zuletzt der Betonung wegen: Nooo, wie geeheet's? sagte er immer; und im Falle, ich war bei der Begrüßung zugegen, strich er mir mit einer eher mechanischen Geste durchs Haar, um mir wie unter dem Zwang eines jähen Stimmungsumschwungs mit Hilfe zweier kantiger Fingerknöchel eine schmerzhafte Kopfnuß zu verabreichen. Ich sagte dann: Aua! und machte mich, so schnell ich konnte, aus dem Staub. Mag sein, daß es seine Absicht war, mich außer Hörweite zu haben, wenn er sich mit Vater unterhielt. Von weitem beobachtete ich dann, wie Bradfisch sein bernsteinbesetztes Zigarettenetui aufspringen ließ, um Vater eine »Sultan-Auslese Numero acht« anzubieten.

An diesem Vormittag in der Gewerbeschule enttäuschte er mich und Vater. Keine Kopfnuß, kein aufgesperrtes Zigarettenetui und keine »Sultan«. Er sagte nur: »Heit-ler!« Mit geradezu steifer Würde versah er seinen Ordnungsdienst im Wahllokal, als führte er die Pausenaufsicht auf dem Schulhof. Seine flinken Augen waren beständig unterwegs, prüften, visitierten und schätzten ab, machten dingfest oder entließen; und ich weiß, daß ich zu dem Ergebnis kam: er sei kein Lehrer nach meinem Geschmack. Aus eingefleischter Vorsicht mied ich Bradfischs Nähe und hielt auf Abstand. Von der Tür aus sah ich zu, wie meine Eltern sich – genauso, wie Birckenstedt es getan – Zettel und Umschlag abholten, sich geheimnisvoll zutuschelten, um am Ende jeder einzeln zur Kabine rüberzugehn. Und da erst räumte Birckenstedt das dubiose Käfterchen, in der Hand das fest verschlossene Kuvert.

So ein Heimlichtuer, dachte ich. Womit er wohl so ausgiebig hinterm Berg hält, der alte listige Krüppel? Ich ließ ihn nicht aus den Augen, als er sich mit unbewegtem Gesicht und mit einem verbissenen Mund, so schmal wie ein Linealstrich, zur Urne begab, wo er sein Kuvert durch den Schlitz plumpsen ließ ... weg war es. Was wohl führte er im Schilde? dachte ich. Und ich fühlte, wie es mich piesackte, meinen Spottvers loszuwerden. Einzig die Stille ringsum und Gewerbelehrer Bradfischs bedrohliche Gegenwart lähmten meinen Mut. In der Hauptsache aber war es die Stille. Sie lastete wie eine unbeantwortete Frage auf den Gesichtern der Leute, die nach und nach eintraten und wieder gingen. Wie ein reinigender Blitz würde mein Schimpf zwischen sie alle fahren. Und Birckenstedt sähe sich genötigt, mich vor aller Augen für mein ungebührliches Betragen zu bestrafen. Was für ein einzigartiger Augenblick. Bradfisch müßte einschreiten. Und wenn nicht er, so könnte ich Milchmann Kraak zu Hilfe rufen.

Vater behielt recht. Noch in den letzten Apriltagen, bevor es richtig Frühling wurde, nahm Professor Birckenstedt sich eine Haushaltshilfe, die ihm zweimal die Woche die Zimmer reinigte, seine Wäsche wusch, ihm Küche und Garten bestellte, sofern es ihre Zeit erlaubte. Daß er dabei auf Schmalzstulle Marquardts Mutter verfiel, bewerteten viele in unserem Wohnblock als den Versuch, sich bei den Leuten lieb Kind zu machen, jetzt wo es einsam um ihn wurde und Nachbarschaftshilfe von Nutzen war.

Gewerbelehrer Bradfisch mutmaßte entschieden Schlimmeres: Gleich und gleich geselle sich; und Pack vertrage sich nun mal mit Pack. So sei das von alters her, meinte er und erinnerte Vater daran, daß schließlich jedermann hier in der Drehe wisse, wo dieser bessere Herr sich seinen Most hole. Natürlich habe der Akademiker Birckenstedt am Wahlsonntag seine Stimme den Sozis oder noch elenderen Verderbern gegeben, das sei so klar wie Dickmilch. Aus der gleichen Richtung pfeife der Wind übrigens auch beim Stellmacher Paul Marquardt, dem es ebenfalls darum gehe, Deutschland am Erwachen zu hindern. Aber mit Marquardt werde man über kurz oder lang schon fertig werden; kniffliger stünde das mit dem gelehrten Maulwurf in der Schliemannstraße siebzehn ...

Mit zunehmender Erregung stolperte Bradfisch ins urtümliche Plattdeutsch:

– Sech bloß, wie kümmt hei tau sien Verwunnung un an't EK eien? Sech mie datt, Heinrich! Wier hei nich in'n letzten Weltkrieg 'n Etappenhengst? So'n oll Hurenbock wiet aff in Gent?

Ich bemerkte, wie Vater Leichenblässe befiel. Möglich, daß er an das weihnachtliche Karpfenessen dachte. Auch ich dachte daran. Und der Nutzen von Mutters glückbringender Karpfenschuppe wollte mir zweifelhafter denn je erscheinen. Schweigend hörten wir zu – auf der Vorgartenmauer sitzend: Dicki und ich –, was unsere klönenden Väter sich anvertrauten, Hut auf und im Stehn an der zugigen Straßenecke vor Brackebuschs Konditorei, wo's nach Backstube roch und frischen Kaffeestücken, die grad aus dem Ofen: daß nämlich Birckenstedt den Bogen der Toleranz überspannt habe in einer seiner letzten Vorlesungen an der Universität. Kriegsgefahr habe er beschworen, nicht so direkt, versteht sich; mehr von hinten herum und dennoch durch die Brust geschossen. Den greisen Reichspräsidenten von Hindenburg angepöbelt, den Reichskanzler Heitler aufs schoflichste ... und ganz öffentlich, ohne Hand vorm Mund ...

Erst als Vater sich am selben Abend gehörig ins Bild gesetzt und aus abgelegten Tageszeitungen nachträglich erfahren hatte, was wirklich passiert war im Hörsaal acht, fand er seine Sprache wieder:

– Alles was recht ist, meinte Vater, das hätte er klugerweise besser für sich behalten sollen ...

– Da siehst du's mal wieder, fiel Mutter ihm ins Wort. Ein Sonderling. Und du verkehrst mit ihm. Wie kann er denn auch sowas vor all den jungen Studikern sagen, ein Professor-Doktor! Wie kann er vom

Krieg unken. Als ob der letzte nicht lange genug gedauert hätte. Und so viele Tote. Und wenn ich an den Steckrübenwinter siebzehn denke...

– Darum ist er ja auch aufs Ruhegehalt gesetzt worden, Elfriede... vorzeitig, vorzeitig..., unterbrach Vater ihren ausbrechenden Redestrom, den er meistens als »Sabbelei« abtat.

Zugegeben, Vaters Votum gegen Birckenstedt kam mir nicht ungelegen. Aber zugleich brachte es meine sorgfältig in Weiß und Schwarz getrennte Vorstellungswelt für Momente ins Wanken. Bisher war er immer für ihn eingetreten und hatte mir mit Maulschellen gedroht. Folglich wollte ich es jetzt genau wissen, wollte ihn fragen, ob ich den alten Zausel fortan ungestraft Humpelbein, altes Schwein nennen dürfe. Aber Vater hatte schon den Bücherschrank geöffnet und nach dem Büchmann gegriffen. Vater war des Lateinischen nicht mächtig. Er bedauerte das lebenslang. Dafür besaß er den Büchmann mit seinen geflügelten Redensarten. Er befragte ihn oft und gern und stets mit dem allergrößten Gewinn für seine Wochenenddispute bei Gecelli oder im »Stralsunder«, insbesondere jedoch war er ihm dienlich, sobald er seiner weißgekittelten Kundschaft in Hinterpommern um Nasenlängen voraus sein wollte mit lateinischen Sprüchen und Lebensregeln. Hurtig schlug er die Buchseiten um mit spuckebefeuchteten Fingerkuppen, ließ den Zeigefinger zeileabwärts peesen, suchte, hielt inne und stieß schließlich auf das Gesuchte:

– Ceterum censeo carthaginem esse delendam...

– Gehupft wie gesprungen, murmelte er im Zuklappen, er hätte es nicht aussprechen sollen.

Im Nachlesen mit hinzugewonnener Vernunft – Jahre, viele Jahre später – stieß ich im häuslichen Keller auf die mittlerweile angegilbten Darstellungen jener Vorgänge, die mir als Erstkläßler so lange rätselhaft geblieben waren, füllte klügelnd auf, was zwischenzeilig leergeschwiegen:

... führte mir vors innere Auge, wie Birckenstedt pausengestärkt durch zwei, drei Virginiazigaretten vor seine Studenten hingetreten sein mochte in den letzten Apriltagen dreiunddreißig im Hörsaal acht, um über sein Lieblingsthema zu referieren: Cato oder die Schwierigkeit, von der Macht zu lassen oder: Das Elend der Politiker;

... sah ihn vor mir, die Hand am Manuskript, das strähnig schüttere Haar auf den Schläfen, den Mund höhnisch nach abwärts verbogen: wie er ins Auditorium lächelte, ins aufgebracht drohende Fußscharren: Nieder mit Versailles! Nieder mit Judas! Nieder mit der Weltkommune! Deutschland erwache!

... stellte mir weiter vor, wie er nach längerem Zuwarten gelassen erwiderte:

– Ja, meine Herren, schreien Sie nur. Sie werden es erleben: Krieg wird's geben. Nun ja, gemach! Ob Sie ihn auch überleben werden, Sie alle, Sie und Sie und Sie ..., das mag allein der Himmel wissen. Zweifel daran werden Sie mir indessen wohl zugestehn. Schreien Sie nur!

Und gegen Ende des Kollegs – so malte ich's mir aus – wird er vermutlich aufgesessen sein auf sein notorisches Steckenpferd, auf Hannibal und auf die Punischen Kriege eins und zwei und drei und gradewegs auf Marcus Porcius Senorius Cato, auf dessen beständig wiederholte Beschwörungen an den Römischen Senat, doch endlich, endlich das verfluchte Karthago einzuäschern:

– Ceterum censeo carthaginem esse delendam!

Und den lärmenden Studenten wird es in den Ohren geklungen haben wie eine sachkundige Erwiderung auf ihr »Deutschland erwache!«. Es mochte makabre Ironie darin gelegen haben, wenn sich ausgerechnet ein Greis an der Schwelle des Grabes den Jux leistete, einen Greis zu verhöhnen vom Katheder herunter mit einem emporgehaltenen Päckchen Feigen in der linken Hand, einem handelsüblichen Päckchen Smyrna-Feigen, die er just am selben Tag aus eigener Tasche gekauft hatte im »Spanischen Garten«, dem renommiertesten Feinkostgeschäft im Grünen Weg.

... und ich redete mir ein, daß sie ihn alle verstanden hatten im Gestühl da unten, wo sie krakeelten mit Schaum vorm Mund, worauf er anspielte mit des Uralt-Senators Cato monotoner Gebetsmühle vor sage und schreibe zweitausend Jahren: daß ein Idol gestürzt wurde mit Hinterlist und tückischem Blick auf die neue Regierung in Berlin. Nicht Cato, der Tugendquell für ungezählte Generationen von Lateinschülern, war gemeint, nicht Cato, der weise Ratgeber und Patriarch, der Unbestechliche, der Selbstlose gar, zu dem man aufblickte wie zu einem Denkmal und mit dem man Staat machte ... Nein, Birckenstedt machte aus ihm einen quengelnden, wahnbetörten, altersstarren Kriegstreiber im Namen derer, die auf Grund und Boden saßen und futterneidisch übers Mittelländische Meer schielten, aufs konkurrierende

Karthago mit seiner marktbeherrschenden Landwirtschaft und seinem florierenden Handel mit Obst und Gemüse und Öl, mit Elfenbein, Gold und Sklaven.

Cato – so meinte es Birckenstedt, dieser olle beinversehrte Schlaumeier, wohl –, Cato habe seine Leier für Krieg und Zerstörung gekurbelt im Namen einer Gesellschaft von Geschäftsleuten, von Kaufmichs und Markteroberern, von Großgrundbesitzern und Kapitaleignern.

– Ceterum censeo carthaginem esse delendam: Und im übrigen bin ich dafür, daß Karthago zerstört werde!

Und mit ätzender Schärfe soll der alte Hinkefuß hinzugesetzt haben:

– Ja, meine Herren, Laudat venalis qui volt extrudere mercis! Wenn Sie bitte notieren wollen: Jeder Krämer lobt seine Ware …

Zugegeben, keine blasse Ahnung, ob mir damals mit dreizehn oder vierzehn – in mittlerweile abgetragener Jungvolkkluft im väterlichen Keller auf Parfümerie- und Abführmittelkartons sitzend – Erkenntnis einschoß, wieso tatsächlich Krieg ausgebrochen und der olle Cato mithin doch noch zu seinem Recht gekommen war. Schon erst gar nicht blickte ich durch, als Vater sichtlich enttäuscht seinen Büchmannschen Ratgeber ins Regal zurückstellte und verdattert ausrief:

– Bin doch kein Kaufmich, Herr Professor. Ich doch nicht. Und Kapital und Großgrundbesitz mit Olivenplantagen, die besitz ich ebensowenig. Allerdings habe ich eine gefräßige Familie durchzubringen. Das zählt wohl in Ihren Augen gar nicht, Herr Professor-Doktor-Klug-und-Schlau?

Ja, es schien mir damals so, als hätte Vater sich breitseits getroffen gefühlt, herabgesetzt in seiner Ehre als unbescholtener Kaufmann. Kaufen und Verkaufen war ihm ein ganz natürliches, ja geradezu elementares Bedürfnis und so alt wie die Menschheit. Er wollte partout nicht begreifen, was Handel und Wandel und Krieg und Überleben miteinander zu schaffen hatten. Wenn ja, so schwante ihm, daß solcherart Verknüpfung denn doch von allzu gewaltsamer Art sei. Jedenfalls begann er damit, seine Beziehungen zu Birckenstedt vorübergehend einzuschränken auf Guten Tag und Wie geht's, wie steht's, Herr Professor.

– Was ist Dicki? Ob unsere Väter wohl fündig wurden im Büchmannschen Zitatenschatz?

– Meiner schon. Wenn auch erst nach Ablauf von tausend Jahren. Und deiner, Hansjürgen?

– Meiner? Wenn ich das so genau wüßte …

… denn fürs erste blieb Vater beleidigt. Die Kränkung saß tief. Wie er mir viel, viel später einräumte, habe er diesem Heit-ler fairerweise eine Chance geben wollen, als er ihm in der Gewerbeschule seine und meiner Mutter Wählerstimme gab, sein und meiner Mutter Kreuzchen an jenem Märzmorgen bedenkenlos in den Nazikreis machte.

– So ging das ja nicht weiter mit der Quatschbude in Berlin. Und daß die dann plötzlich Feuer fing und ausbrannte bis auf die Umfassungsmauern ... damit hat das Schicksal den zwieträchtigen Deutschen einen unmißverständlichen Wink gegeben: Bis hierher und nicht weiter, meine Herren!

Ende April machte er sich nach Hinterpommern auf, um die Sommerorders hereinzuholen, wie er sich Mutter gegenüber ausdrückte. Diesmal kitzelte er ihre Hoffnungen auf volle Auftragsbücher. Die Badesaison stand vor der Tür mit Sonnenschutzcremes und Nußöl, Schönheitswässern und Lebertranpräparaten. Auch ein neues Mittel zur erfolgreichen Stuhlgangregulierung wollte er einführen; Luftveränderung schüfe bekanntlich jedermann hartleibige Beschwerden. Leise, damit ich's nicht hörte, griff er nach derberem Spachtelstrich: Wer nicht richtig abprotzen könne, genieße nur halbe Urlaubsfreuden ...

Natürlich hatte ich zugehört und genoß jetzt Mutters Einspruch gegen seine drastischen Ferkeleien. Aber Vater gab sich unverdrossen gesprächig, während er seinen Musterkoffer packte und Mutter ihm Brote richtete für die lange Bahnfahrt. Er hatte sich viel vorgenommen in den vierzehn Tagen, die vor ihm lagen. Indes blieb der Verdacht unausgeräumt, er habe sich in Wahrheit auf leisen Sohlen davonstehlen wollen, um den bevorstehenden Aufmärschen und Kundgebungen rechtzeitig auszuweichen; möglicherweise glaubte er sich in den kleinen pommerschen Küstennestern davor sicher.

Ich lauerte mit meinem Schulränzel auf dem Rükken in der Flurgarderobe auf den passenden Augenblick, mich von ihm zu verabschieden. Ich müßte lügen, wenn ich sagte, daß mir der Abschied schwergefallen wäre. Denn vierzehn Tage ununterbrochener Freiheit lagen vor mir.

– Daß du dich ja anständig beträgst, alter Scheich! sagte er ... Und daß mir keine Klagen kommen!

Mit hämischer Freude dachte ich in diesem Moment an Dicki, dem die Fuchtel seines Vaters Tag für Tag ins Haus stand. Es steckte Prophetisches in meiner Häme, wie sich zeigen sollte.

Eigentlich fing es damit an, daß Birckenstedt zum Ersten Mai nicht flaggte. Wie es hieß, hatte man ihn wenige Tage zuvor gewaltsam am Betreten der Universität gehindert. Es hieß sogar, er habe Knüffe und sonstige Handgreiflichkeiten einstecken müssen auf dem Rasen vor dem Blücherdenkmal.

Dicki – in mancherlei Dingen die verlängerte Sprachröhre seines Vaters – tönte denn auch beim Anblick des im jungen Grünflor versteckten Hauses in der Schliemannstraße:

– Siehstu, nu hatter sich ganz verkrochen in sein unterirdisches Gängeviertel. Nu isser 'n richtiger Maulwurf: bissig und lichtscheu. Aber wir werden ihm schon Licht machen, wart's nur ab!

Feuer, jawohl, Feuer, das mochten wir. Fürs Quöstern, Kokeln und Quiemen waren wir allzeit zu haben. Der Widerschein der Flammen auf unseren Gesichtern machte vorübergehend Fremde aus uns, unfreiwillig fratzenschneidende Ungeheuer, besonders wenn es rings um uns her duster war, so duster, daß wir von Rechts wegen hätten längst zu Hause sein müssen. Wir dachten dann an Blitzeinschläge und lodernde Feldscheunen in Biestow oder in Röwershagen.

Licht aus,
Messer raus,
drei Mann raustreten zum Blutrühren!

schrien wir und rannten um die Wette, um dem hin und her springenden Qualm auszuweichen, denn er kniff uns in die Augen, bis die Tränen hervorschossen. Trotzdem versuchten wir, so dicht wie möglich an die Brandstelle heranzukommen. Aber die Ordner ließen uns nicht. Sie trugen Uniform. Unter ihnen erkannten wir Milchmann Kraak, die SA-Mütze auf dem Kopf, den Sturmriemen kampflustig unters Kinn gespannt.

Das war auf dem Vögenteich-Platz, wo die Menschen zusammengeströmt waren, neugierig, lüstern auf Sensation; allesamt tatverdächtige, aber an Mut zu kurz gekommene Brandstifter, denen es in den Fingern juckte..., wie Vater das Ereignis einige Tage drauf nach seiner Rückkehr aus Pommern kopfschüttelnd kommentierte und mich am Schlafittchen nahm. Denn alles Leugnen meinerseits half mir nichts: Ein Zeitungsphoto hatte geplaudert; es zeigte Dicki und mich im Vordergrund des Autodafés, wie wir mauloffen und rußgeschwärzt veitstanzten.

Es ist wahr: Auch uns juckte es, Dicki und mich. Wir waren kurzerhand ausgerissen von Zuhaus an diesem Mittwochabend im Mai, der kühl war und windig. Und eigentlich wollte auch Schmalzstulle Marquardt dabeisein; aber der durfte nicht, ihm hatte sein Vater bei Dresche und Stubenarrest untersagt, die Wohnung zu verlassen.

– Schapskopp, du! Du blüwst tau Huus, un wenn ick di anbinnen möt! Hest du denn nix in dien Brummschädel as fräten un dumm Tüüch?

Und da soll er – wie seine Mutter nachträglich berichtete – durchs Lokusfenster gewollt haben, worauf sein unversöhnlicher Vater ihm den steckengebliebenen Hintern versohlt habe wie auf dem Präsentierteller. Schlimmer noch: Die Abendmahlzeit sei dem Lümmel gesperrt worden.

Da waren wir längst auf dem Wege, waren am Friedhofsweg vorbei und an der Feuerwache, deren große rote Garagentore weit offen standen wie aufgerissene Mäuler und Not-am-Mann. Und immer mehr Leute strömten herbei, vom Brink her und von den Polizeigärten, von der Augustenstraße, von der St.-Georg-Schule; sie drängelten sich ums Feuer, behext und auf Vernichtung aus, so starrten sie in die gelb und blau züngelnden Flammen, die wie Fahnen im Sturm flatterten, je mehr Nahrung man ihnen zuwarf. Sie alle – so schien es uns – mochten Feuer wie wir. Eine Erkenntnis, die uns aussöhnte mit unserem unerlaubten Hiersein. Und Dicki und mir ging buchstäblich ein Licht auf, was es für eine Bewandtnis damit hatte, wenn es bei den Maiumzügen zur Reiferbahn geheißen hatte: Deutschland erwache!

Die Nacht zum Tag machen, den Vögenteich-Platz, die Stadt, das vielbesungene Reich von der Maas bis an die Memel ... Feuer machen, das war's.

Milchmann Kraak verbellte uns als erster:

– Wullt jie woll wech dor! Wullt jie woll!

Überkopf hob er einen Stapel dickleibiger Bücher, soviel seine mächtigen Pranken fassen konnten, und schleuderte sie ins Feuer. In meiner Bewunderung für ihn nahm ich es ihm nicht weiter krumm, daß er uns so anschnauzte. Vielleicht hatte er uns auch nicht erkannt. Fest preßte ich an mich, was ich mitgeschleppt hatte, um es in die Glut zu werfen, weil's Spaß machte, wenn die Funken aufstoben. Nur daß ich das falsche Buch erwischt hatte in der irrigen Annahme, an diesem Abend treibe man aus dem neuen Deutschland die Gespenster aus; schmisse sie einfach ins Feuer, wo sie zu Asche und Unkenntlichkeit zergingen, und weg waren sie. Feuer und Magie galten mir eins. Und ganz folgerichtig – so nahm ich an – begleiteten auch dunkle, unverständliche Sprüche die Zeremonie. Wollte mittun, die bösen Geister zu bannen.

Beim heimlichen Durchstöbern von Vaters Bücherschrank nämlich war mir die reich- und buntbebilderte Broschüre in die Hände gefallen. Sie stak in einer der hinteren Reihen, wo kein Licht hindrang, verborgen hinter Prachtausgaben, hinter goldverzierten Bücherrücken. Auf einer ihrer Umschlagseiten fand ich die frei schwebende Erdkugel abgebildet, über die sich polypengleich die zehn Fingerglieder zweier fleischiger behaarter Männerhände legten; sie gehörten zu einem angsteinflößenden Gesicht, das im Hintergrund lauerte: Krummnase, Zylinder auf kahlem Schädel, Freßgier in blutunterlaufenen Augen, Dollar-Insignie ...

Rirarutschika, wir fahren nach Amerika ...

– Wech dor, Bengels! Wullt jie woll! raunzte Milchmann Kraak.

Er entdeckte meine Broschüre, entriß sie mir mit befremdlichem Eifer und reichte sie einem jungen Mann mit Studentenmütze und Couleurband, der sie flüchtig durchblätterte, um sie amüsiert lächelnd, dann lauthals lachend den anderen jungen Männern zu zeigen, bis auch sie in Gelächter ausbrachen und für Augenblicke sogar vergaßen, den Scheiterhaufen zu bedienen. Auf ihren schweißnassen Gesichtern flackerten die Widerlichter der Flammen. Ich kam mir bloßgestellt und entzaubert vor; denn auch Dicki fing zu lachen an. Es war wie eine Ansteckung.

– Asinus, schrie einer der Studenten und zeigte auf mich.

Und wieder lachten sie alle. Am lautesten lachte jetzt Milchmann Kraak und haute sich ausgelassen auf die Schenkel seiner braunen Breecheshose. Ich wußte nicht, was das bedeutete: Asinus. Es mußte anscheinend was Verletzendes sein, Ehrenrühriges im Zweifel; und zu gern hätte ich mir jetzt Rat geholt aus Vaters Bücherschrank. Dann überflutete mich Scham. Zum Heulen war mir. Und für einen Moment wünschte ich mir vom Hals, was so schön, so feierlich angefangen hatte mit zackiger Blasmusik, mit Sprechchören und aufschießender Lohe. Wünschte mir statt dessen den Königsschuß herbei, wie er an dieser Stelle alljährlich im Spätsommer abgehalten wurde: die Süßkrambude von Johannes Woitge, die Wiener Krachmandeln im siedheißen kupfernen Kessel mit ihrem Schwall von Vanille, den Spachtelmann, wie er aus dem rosaroten Block aus Türkischem Honig Späne hobelte ins druntergehaltene Fettpapier ... flog im Sessel des Kettenkarussells über die versammelten

Leute hin mit ehrlichem, verläßlichem Schwindelandrang in Kopf und Bauch und wofür man sich nicht zu schämen brauchte.

Dicki Bradfisch schrie:

Licht aus,
Messer raus,
drei Mann raustreten zum Blutrühren …

Einer der Studenten gab mir meine Broschüre zurück. Dann verwies man uns vom Brandherd.

– Ab mit euch nach Haus zu Mamma! Auf marsch, marsch, sagte Milchmann Kraak und lachte.

Auch trieb uns Angst nach Haus. Dicki rechnete mit einem Strafgericht. Als wir die Menge hinter uns gelassen hatten, entdeckten wir Birckenstedt. Abseits und mutterseelenallein hielt er sich im Schatten der aufgefahrenen Löschwagen der Feuerwehr versteckt. Sein spärliches Haar wehte ihm ins Gesicht. Er trug weder den schwarzen Talar noch das drollige Professorenbarett wie alle seine Berufskollegen am Rande des Scheiterhaufens. Nur die Ordensleiste sahn wir; sie hing etwas windschief am Mantelrevers. Unverwandt starrte er hinüber in den Feuerschein. Er machte sich seinen eigenen Qualm und Rauch mit seiner Virginiazigarette im Mundwinkel. Er tat, als gehöre er einfach nicht dazu. Eine Weile beobachteten wir ihn aus sicherem Abstand, die geläufigen Schmähungen auf den Lippen. Aber wir trauten uns nicht.

Das Blasmusikkorps spielte »O Deutschland hoch in Ehren …«. Und alle fielen sie ein und sangen mit. Nur Birckenstedt hielt seine Lippen zugekniffen.

Nach den ersten Takten machte er sich auf, zu gehn. Er stieg über die ausgerollten roten Feuerwehrschläuche, warf seinen Zigarettenstummel weg und hinkte, so schnell er konnte, zur Stampfmüllerstraße rüber, wo er den Bus der Linie vier abwartete.

– Bestimmt geht er jetzt Wein trinken bei Gecelli, sagte ich zu Dicki Bradfisch.

Ich fühlte, wie meine aufwallenden Antipathien sich zu einer Art Feindbild klärten. Ja, er ist ein Feind. So einer, dachte ich, könne nie und nimmer ein richtiger Deutscher sein, einer, der amerikanische Zigaretten raucht, Talar und Barett zu Hause läßt und nie eine Fahne raushängt. Und ich begann, Dikkis Aufschneiderein mehr und mehr Glauben zu schenken, wonach der alte Zausel allen Leuten in unserem Wohnviertel einen Bären aufzubinden versuchte, indem er sich vor jedermanns Auge als Frontsoldat des Weltkriegs dicke tue und seinen Klumpfuß als Folge einer Frontverwundung ausgebe. Nichts davon sei wahr. Vielmehr sei er als junger Mann aus purem Versehn hängengeblieben in einer Luftspalte des Personenaufzugs in Wertheims Kaufhaus. Und seine Orden im Knopfloch, die habe er sich erschummelt und ermogelt irgendwo auf einem Druckposten in Ostende, in Spa oder Brügge. Im Felde stand er nie...

– Au backe, sagte ich. Das ist stark. Wenn's stimmt...

Dicki Bradfisch prahlte gern mit der Allwissenheit seines Vaters. Tief im Herzen jedoch lähmte ihn Schiß; und der war meistens stärker als sein Respekt. Auch heute wieder machte ihm die Angst vor seinem

Alten Beine. Im Eselsgalopp trieb er sich und mich an, nach Hause zu eilen auf dem kürzesten Wege. Der führte über die Polizeigärten, den Finkenbauer und dann hintenrum am Alten Friedhof vorbei und immer der Warnemünder Bahnlinie entlang. Es war unser Schulweg, der uns so vertraut war, daß wir ihn bei geschlossenen Augen bewältigten. Genau an der Stelle, wo der jüdische Teil des Friedhofs anfing, machte er erst einen Knick nach rechts und dann einen Knick nach links. Oft hatten wir vor dem alten schmiedeeisernen Tor gestanden und es verschlossen gefunden. An diesem Abend mußte jemand das verrostete Vorhängeschloß gewaltsam aufgebrochen haben; weit standen die Flügel auf. In den jungbelaubten Ästen und Zweigen der alten Kastanienbäume jiepte und piepte leise der Nachtwind. Erst der hinter uns vorüberfahrende Nachtschnellzug Kopenhagen–Berlin machte uns Mut, das Gräberfeld zu betreten. Und da bemerkten wir mehrere Gestalten, wie sie mit Hauruck versuchten, die Steine umzuschmeißen, die Blöcke und Gedenktafeln mit den unleserlichen Schriftzügen, vor denen wir so manches Mal ratsuchend gestanden hatten, wenn wir die Roßkastanien sammeln gingen und sie mit Knüppeln aus den Baumkronen lösten. In unseren Köpfen verfingen sich dann regelmäßig Fragen nach Sinn und Bedeutung dieser so unergründlich fremdartigen Zeichen unter dem feuchtglänzenden Moosflor im Granit. Und aus dem Sechszack des Davidsterns lasen wir selten anderes heraus als eine Drohgebärde des Andersseins, verschlüsselte Botschaft von werweißwoher, die uns schaudern ließ. Wie auch immer, soviel Unaufgeklärtes beschäftigte uns und zog unsere Fantasie auf Abwege. Da war es schon ein Gewinn, wenn Dicki – der mathematisch frühbegabte und zukünftige Naturwissenschaftler – seinen Kopf ein wenig zur Seite legte und verkündete, es handle sich bei dem Gestirn der Juden glatterdings um zwei gleichseitige, jedoch übereinander verschobene Dreiecke, das kapiere ja selbst ein Blinder mit Krückstock und Führhund.

Und Schmalzstulle Marquardt, mit dem ich gelegentlich auf dem Heimweg von der Schule eine Rast einlegte, um mit ihm Pausenbrote zu tauschen zwischen Goldraute und Franzosenkraut unweit des Friedhofstores ... Schmalzstulle predigte dann naseweis und im Bewußtsein seiner zwei Jahre, die er uns an Lebensalter voraus war:

– Hier liggen de, de woanners nich taugehürn: de Geldsniders un de Krüüschen, de Swienfleisch nich äten daun un Suerteigbrot un Mettwurst ook nich, de allens anners maken als wie ...

Ans Essen dachte er häufig und mit prompt einsetzendem Speichellauf aus beiden Mundecken. Und bei Mettwurst landete er allemal, sobald ihn die Lust auf mein Pausenbrot überwältigte. Oft gab ich dann die Reste meiner Wurstschnitten her gegen seine Klappstulle mit ausgelassenem Schweinsfett und Grieben auf dem Schulhof direkt neben dem Pissoir. Und regelmäßig klangen mir hinterher die Ohren: ich hörte Mutters pingelnde Ermahnungen:

– Daß du mir nicht nochmal deine schönen Brote mit gut Butter drauf und Mortadella ... schließlich bekommt der Marquardt-Junge täglich die Quäkerspeisung mit Semmel und Milchkakao ...

– Aber ich mag Schmalzbrot mit Grieben, sagte ich, nur um recht zu behalten und Schmalzstulle Marquardt unter meinen Schutz zu nehmen.

– So ein Unsinn aber auch, sagte Mutter. Und sie suchte mir einzureden, daß allzu häufiger Verzehr von Schweineschmalz Ausschlag mache und finnige Haut. Überhaupt sei es gescheiter, sich nicht so eng an den Marquardt-Schlaks anzuschließen, das brächte am Ende nur verquere Gedanken zur Welt. Da sei ihr mein Verkehr mit Siegfried Bradfisch entschieden willkommener. Siegfried spräche höfliches und adrettes Hochdeutsch, was auf Bildung und gute Erziehung hindeute.

Ich fand Mutters Verweise wenig hilfreich. Ich dachte an Rohrstockhiebe und schwarzpolierte Schaftstiefel und machte mir vertrackte Begriffe von Bildung und Erziehung, deren Wege mir ineinander verschlungen schienen, unentwirrbar und höchst fragwürdig. Und ein bißchen tat mir Dicki leid.

Auch jetzt wieder tat er mir leid. Ich war ja fein raus: Mein Vater lag wahrscheinlich in einem Gasthofbett irgendwo weitweg in Hinterpommern; oder er schrieb an seinen reingeholten Aufträgen, im Mund den Nachgeschmack von Pilsner Bier und Sauerfleisch mit Bratkartoffeln. Da machte sich Dicki ganz andere Bilder von seiner verspäteten Heimkehr, wenn sein Vater ihn ins Arbeitszimmer befahl, hinter grünem Lampenschirm und Stapeln von Heften sitzend:

– Nooo, wie gee-heet's, Freundchen?

Ich hörte Dicki neben mir vor Kühle und Bammel bibbern und zähneklappern. Bäuchlings ausgestreckt lagen wir im feuchten Gras und wagten es nicht, uns bemerkbar zu machen. Der Schnellzug aus Kopenhagen war durch; nur von fern hörten wir ihn über die Weichen des Hauptbahnhofs klimpern, hörten seine Bremsen quietschen.

Die Männer hinter den umgestoßenen Grabsteinen hasteten nunmehr wie tanzende Schatten. Zu duster war's, um genau auszumachen, was sie da eigentlich anstellten. Uns war, als hantierten sie mit Henkeltopf und Pinseln.

Dicki säuselte mir aufgeregt ins Ohr, daß es kitzelte und mir 'ne Gänsehaut machte:

– Du, ich glaub, sie grabschen nach den Toten in den Särgen und pinseln sie an. Rot vielleicht oder grün. Was meinst du?

Ich dachte: Er denkt bestimmt an die schauerlichen Skelette, die auf der Geisterbahn, auf die man zuzufahren scheint ... und dann doch nicht ...

– Oder auch nicht, gab ich zu bedenken. Vielleicht malen sie auch bloß die Steine an oder schreiben drauf: Deutschland erwache!

Aber Dickis Interesse war schon am Erlöschen. Er robbte zurück an den Friedhofszaun.

Es wurde spät, bis wir zu Hause eintrafen. Im Kopf die umgeworfenen Grabstelen, Farbtöpfe, Pinsel und Quast. Das wollte uns einleuchten, mit den Rätseln fertig zu werden, die uns die hebräischen Schriftzeichen und der Davidstern so lange aufgegeben hatten: Man löschte sie aus, machte sie verschwinden in blutigroter Tünche.

Nur schleppend wurden wir älter. Uns konnte es nicht fix genug gehn. Rückschauend waren es kleine Ewigkeiten, die Sommer und die Winter damals. Und fortwährend litten wir an der Bürde, allerorten für halbe Portionen durchzugehn.

Als erster von uns brach Schmalzstulle Marquardt aus. Nicht auszuschließen, daß seine Mutter – schon über ein Jahr in Birckenstedts Diensten – ihm zusetzte, nur ja geschwind erwachsen zu werden, damit er seinen jungen Mann stünde. Wo der Alte doch seit längerem einsaß in Bützow-Dreibergen wegen begründeten Verdachts auf Hochverrat und Geheimbündelei. Mit dem Wort war wenig anzufangen. Und Dicki – allzeit ein offenes Ohr, wenn es galt, den Standpauken seines Vaters verwertbare Weisheiten abzulauschen und sie unter die Leute zu tragen – Dicki vertraute mir eines Tages beim Altpapiersammeln wichtigtuerisch an:

– Du, mit Schmalzstulle haben sie was vor …

Sein Nuscheln indes hinter vorgehaltener Hand brachte wenig Stichhaltiges, wenig Verläßliches in Umlauf. Schon bald ging uns auf, was möglicherweise gemeint war. Schmalzstulle verblüffte uns mit seiner nagelneuen Pimpfenkluft. Nach Schweiß und Leder roch er fortan und nach Überlegenheit. In Braunhemd, schwarzer Manchesterhose, mit Schulterriemen und Koppelzeug gelang es ihm auf Anhieb, die Führung an sich zu reißen. Und wir dackelten ihm hinterher, krank vor Neid, machten es ihm leicht, uns herumzukommandieren. Denn daß in einer Uniform etwas stecken müsse, eine geheime, auf Machtzuwachs zielende Substanz, das stand für uns fest. So war sein Triumph vollkommen. Die Uniform wurde ihm zur zweiten Haut. Er trug sie, sooft es ging, nicht nur mittwochs und samstags, wenn er sich auf der Bismarckhöhe in die Dreierkolonne einreihte, um im Gleichschritt mit den andern singend zum Sedanplatz zu marschieren:

Wildgänse rauschen durch die Nacht mit schrillem Schrei nach Norden ...

Dicki und ich hielten uns verdeckt hinter Weißdornbüschen, grün vor Wut, in Wahrheit die schiere Bewunderung. Während Schmalzstulle abmarschierte und in der nahen Senke hinter Buchenstämmen verschwand, saß uns noch lange der Pfropf im Ohr:

... unstäte Fahrt, habt acht, habt acht, die Welt ist voller Morden ...

Wir hörten's anders, nämlich so: Unstete Fahrt, halb acht, halb acht ... Und wir stellten Betrachtungen darüber an, was wohl geschehe, wenn's tatsächlich acht schlüge und neun und zehn Uhr, und ob die Welt dann erst richtig voll von Morden sei, und ob Schmalzstulle uns über kurz oder lang diesbezüglichen Rat geben könnte, ausgerechnet er, der Sohn einer Reinemachfrau und eines Häftlings, er, der so sehr von unseren materiellen Zuwendungen abhing.

Gewerbelehrer Bradfisch wiegelte auf seinem Stehkonvent mit Vater vor Brackebuschs Konditorei gelassen ab:

– Nun mal halblang, Heinrich. Die Bengels sollten ihr Licht nicht untern Scheffel stellen. Zum ersten werden sie binnen kurzem Sextaner sein mit erster Fremdsprache und Pythagoras. Na und zwotens, wiewohl nicht letztens: Ihre braunen Fummel kriegen sie noch zeitig genug angemessen. Nur keine jüdische Hatz, Heinrich. Eins, zwei, drei werden sie uns auf der Nase herumtanzen.

Sein bernsteingelbes Zigarettenetui schnappte auf und wieder zu.

Vater zeigte denn auch am gleichen Abend wenig Wirkung, als Mutter zu nörgeln anfing: es sei trotzdem reichlich gediegen, woher die Marquardt – bloß eine ärmliche Zugehfrau – das Geld hernehme für so 'ne kostspielige Kleddage in Braun und Schwarz und noch dazu frisch aus dem Laden.

– Nun laß das mal, sagte Vater. Das geht uns nichts an, Elfriede.

Mir fiel gleich auf, daß er schon wieder mit Erfolg flunkerte, um in meiner Gegenwart aufkommende Ängste und Zweifel zu verbergen.

Fast tausend Jahre später – nach Kriegsende, als er, aus britischem Gewahrsam entlassen, seine alten Geschäftsbeziehungen wieder anzuknüpfen suchte – gestand er mir bei Rote-Bete-Pamps und dampfendem Alkolat ein, daß es ihm seinerzeit unbegreiflich vorgekommen sei, auf welche hinterfotzige Weise der Sohn eines Schutzhäftlings dazu hätte gebracht werden können, derart ungeniert auf die Seite der Peiniger des eigenen Vaters überzutreten. Mutmaßlich habe es sich um den Versuch gehandelt, die Eltern des Jungen öffentlich zu demütigen, indem man ihnen ihr leibliches Kind erst entfremdete, dann entführte. Über das Resultat wollen wir besser schweigen, mein Sohn.

Frei aus dem Gedächtnis zitierte er ein Wort seines Exfreundes Bradfisch: Man würfe einer wurmstichigen Stelle wegen nicht sofort den ganzen Appel weg; man kerbe vernünftigerweise bloß die befallene rote Backe raus, basta und zugenäht!

Vaters Zorn über sage und schreibe eintausend Jahre aufgezwungenes und hinhaltendes Schweigen, das er gegen Ende zu und als Stalingrad fiel mit einem chronischen Magengeschwür bezahlt hatte, entlud sich nun in Gestalt harscher Selbstanklage:

– So manchen solcher Sprüche habe ich mir damals vor Brackebuschs Backstube aus dem Schandmaul dieses feinen Herrn anhören müssen, widerspruchslos, zähneknirschend ... ja, mein Junge, so war das leider damals. Alle waren wir schwach und von Angst gebeutelte Opfer!

– War das so, Dicki? Denk mal nach ...

– War das wirklich so, Schmalzstulle? Haben wir auch nichts vergessen?

Aber Schmalzstulle war zu keiner Auskunft mehr fähig, war lange schon verstummt, stumm wie die Weltgeschichte, der selbst ein Achselzucken nichts ausmacht. Nur im kundigen Hineinrufen kommt verschlüsselte Antwort, läßt sich Verstecktes ans Licht rufen.

So sahn wir's damals vor Ort: Schmalzstulle bräunte sich ganz schön munter in der Sonne seines Glücks. Es war die Sonne des Käse- und Milchhändlers Kraak, die ihn beschien und in der Wolle färbte. Und sie beschien ihn nicht gerade zufällig, seine rotblonde

Stoppelbürste nicht, seine langaufgeschossene Gestalt nicht, auch nicht den spontan einsetzenden Speichelfluß, sobald feinere Wurstsorten seinen Geruchssinn streichelten. Käse mit Löchern schuf ihm Erregung, wenn er allmorgendlich vor Schulbeginn noch rasch in Pimpfenkluft bei Kraak vorsprach, um Milch und Magerquark einzukaufen. Milch übrigens, die ab und an für den Maulwurf bestimmt war, indem sie Umwege ging über die eigene Mutter. Aber davon ahnte der hemdsärmlige Kraak lange nichts. Wie sollte er, wo selbst Schmalzstulle keinen blassen Schimmer vom diskreten Doppelspiel seiner Mutter hatte.

In Tätschellaune langte Kraak quer über den Ladentisch und kniff Schmalzstulle derb, aber herzlich in die finnigen Plusterbacken:

– Prima, Jungää, sagte er. Steht dir, die Uniform. Allewetter. Nur weiter so, Jungää ...

Und dann säbelte er vom Tilsiter, auch mal vom roten kugeligen Edamer ein verschwenderisch spitzwinkeliges Eckchen runter und fütterte seinen Günstling. Der mochte das als unzureichende Entschädigung deuten für die inzwischen im ganzen Reich verbotene Quäkerspeisung, der er noch lange nachtrauerte. So knallte er die Hacken zusammen und erwiderte kauend:

– Jawoll'er Blockwart! Maak ick!

Kraak verstand schon richtig. Er verbat sich das »Herr Blockwart«. Neudeutsch laute das: »Jawoll, Blockwart!« Denn mit »Herr« und ähnlichen Ergebenheitsfloskeln sei von nun ab Schluß ein für allemal.

Wir lungerten derweil in verachtetem Zivil draußen auf den Terrazzostufen herum und befanden, daß Schmalzstulle als unbestrittener Favorit des Blockwarts zu gelten hatte. Kraak mochte ihn. Ich fühlte Mißgunst aufkommen. Denn mich mochte er entschieden weniger. Ich suchte mir sein Verhalten dadurch zu erklären, daß er mir noch immer die Sache mit dem Buch nachtrug. Warum bloß? Meine Eselei lag über zwei Jahre zurück. Und längst war ich imstande, über mich selber zu lächeln.

Nach Ablauf weiterer acht Wochen durfte Schmalzstulle Dienstbefehle austragen und für den Blockwart die Kegel aufsetzen gegen ein Entgelt von zwei Groschen die Stunde im nahen Sport-Palast. Und bald förderte Kraak Schmalzstulles Taschengeldaufkommen zusätzlich dergestalt, daß er ihn tagsüber für die eine oder andere Aushilfsarbeit in Anspruch nahm. Frühmorgens sah man ihn durch die Straßen radeln und Milch vor die Haustüren abstellen; auch putzte und wienerte er Käseglocken, spülte Milch- und Rahmflaschen in dampfender Seifenlauge, schleppte Eierkisten und Quarkfäßchen, versuchte sich sogar am Treppaufwuchten der ungetümen Kannen aus verzinktem Eisen. Aber Kraak verschaffte seinem Schützling auch erholsame Momente; da durfte er sich im engen gefliesten Ladengeviert verdient machen als Brummfliegentöter, immer vorausgesetzt, es befand sich keine Kundschaft vorm Tresen.

Nie zuvor hatten wir ihn so duckmäusisch, so beschissen und beflissen erlebt. Und manches Mal drehten wir ihm von der Straße her durchs Schaufensterglas höhnische Nasen, wenn ihn Kraak zu privaten Schleppdiensten anheuerte:

– Komm mal her, Jungää, flitz mal eben um'n Block ins »Lindeneck«, laß dir den Syphon füllen, und daß du mir nicht unterwegens ... Düwel ook! Märzenbier ist nix für lütte Jungvolkers!

Ihn dermaßen in die Fronpflicht genommen zu sehn machte uns für Augenblicke frei von seiner Kommandogewalt. Aber nur auf kurze Frist sank er in unserer Achtung. Seine Muskelspiele, seine Treffsicherheit im Fahrtenmesserwerfen versöhnten uns alsbald wieder.

Zu Ostern sechsunddreißig trennten sich unsere Schulwege. Er lief weiterhin am Judenfriedhof vorbei, durch die Polizeigärten und durchs Finkenbauer; und an der Göbenstraße wartete er manchmal lange vor den Schranken der Hafenbahn, bis das Läutewerk schepperte und ihm den Fußweg frei machte in die backsteinrote Kaserne der St.-Georg-Schule.

Dicki und ich drückten fortan die Bänke des Realgymnasiums hinterm Stadt-Theater unweit der sieben abgezählten Linden, wo uns promovierte Studienräte mit seelischen Berufsschäden unterrichteten und mit Knacks und Parteinadel am Jackettaufschlag.

– Ochsenauge, sei wachsam, witzelte Dicki und dachte dabei wohl an seinen kommissigen, parteifrommen Vater.

Der war zu Heit-lers Geburtstag zum Rektor der Gewerbeschule befördert worden mit erhöhten Bezügen und noch strammerem häuslichem Regiment. Aber noch immer wollten wir die sich anschleichenden Unterschiede nicht wahrhaben, die sich zwischen einem Volksschüler und einem Realgymnasiasten auftaten, diese haarrißfeinen Trennungsstriche; allenfalls im Verhalten der Erwachsenen nahmen wir sie wahr, spiegelverkehrt und zum Widerspruch reizend. Noch hielten wir fest zusammen. Kann sein, daß es an Birckenstedt lag. Der Maulwurf einte uns, flickte zusammen, was uns insgeheim schon zu trennen begann, lange bevor wir es uns eingestanden und auf den Begriff brachten.

Eines Abends nach Dunkelwerden zogen wir zu dritt durch die von Gaslaternen spärlich beleuchtete Schliemannstraße. Wie gewöhnlich drang Licht durch die Vorhangspalten seines Arbeitszimmers im oberen Stockwerk. Wir fragten uns: Was tat er? Worauf sann er? Wir begannen uns vorzustellen, wie sein allmählicher Rückzug aus der Öffentlichkeit mehr und mehr zu einer Verschwörung gedieh, wie er Pläne schmiedete, uns alle zu verderben. Wie es hieß, drang nie ein Spendenaufruf an sein Ohr, fürs Winterhilfswerk nicht und nicht für die NSV, die Vater zwar ebenfalls belächelte; aber sein Portemonnaie zückte er am Ende doch. Im Falle, wir spielten vor seinem Haus Fußball oder Handball, und das Leder flog quer über den Zaun in seinen Vorgarten... nichts regte sich im Haus auf unser Klingelzeichen an der Pforte. Es war, als flösse die Zeit an ihm vorbei. Er war uns unheimlich geworden, und wir haßten ihn. Über die Jahre weg war er uns ein Rätsel, eine Maske des Andersseins, die man zerstören sollte. Wir erwogen allen Ernstes, Feuer zu legen, ihm seine Villa überm Kopf anzuzünden, wollten seine Schreie hören, wenn ihn die Flammen verzehrten werweiß irgendwo in seinem geräumigen, labyrinthischen Gängebau, im Lehnstuhl vielleicht, im Bett, im Keller, wo er vermutlich an Flugschriften schrieb oder an einem aufwiegelnden Buch, in das er alle seine zerstörerischen Gedanken niederlegte.

Wir forschten Schmalzstulle aus. Er müsse doch was wissen, wo doch seine Mutter zweimal die Woche, manchmal sogar einen um den andern Tag… wäscht ihm und flickt ihm die Leib-, die Bett- und die Tischwäsche, bläst ihm den Staub von Monaten und Jahren von den Büchern, die vermutlich gestapelt standen bis an die Zimmerdecke, bekocht ihn und pusselt im Garten, fegt ihm winters den Schnee… deine Mutter, Schmalzstulle, nu laß mal die Katz, den Wolfshund, den Löwen aus dem Sack, na los doch!

Aber Schmalzstulle blieb dabei, zwinkerte, achselzuckte, gab nur Bekanntes preis:

– Hei läst sien Bäukers. Mier makt hei nich. Läst und läst un krakelt väl Püppier vull. Mier weit ick ook nich …

Dicki und ich meinten es besser zu wissen, seitdem wir hinterm Sport-Palast auf der sumpfigen abschüssigen Wiese der Landwirtschaftlichen Versuchsanstalt einen erschlagenen Maulwurf gefunden hatten. Gestocktes Blut stand ihm vor der Rüsselschnauze, die tückischen Knopfaugen hervorgetrieben; und wir hielten uns an Biologielehrer Thielkes Verweise auf die legendäre Mordlust und furchtbare Grausamkeit der Maulwürfe im Kampf untereinander. Dr. Thielke, dem nie ein Verdruß das Gesicht verunzierte, der mit immer gleichbleibender Freundlichkeit die Unerhörtheiten der Natur zu beschreiben verstand, Dr. Thielke malte in seiner schlichten Bildsprache hin, was wir uns über die Maulwürfe und über ihren Kampf ums Dasein zu merken hätten:

– Tschä, Jungs, so sind sie eben: Der Sieger frißt den Besiegten glatt auf, gottverdammich noch eins! So 'ne Satansnatur haben die Biester. Und alles zu stockdusterer Nacht. Und kämpfen sie nicht und fressen sie nicht, so tun sie doch was: pflanzen Sandhümpel mittenmang die Spinat- und Radieschenbeete. Und kuck ich weg von dem Fleck!, verwandeln sie Kulturland in Ödland, die vermaledeiten Öser, die!

Wir lachten, wir kringelten uns, tauschten bankunter Briefmarken aus: »Deutsch ist die Saar« und die Olympia-Serie. Vaters Geschäftsbriefe erwiesen sich als die reinsten Fundgruben. Ja, lachten uns krank und spielten Spiele. Wir fanden mit einem Ohr Dr. Thielke urkomisch und sehnten uns nach seinen Lektionen. Und wenn wir ihn auch nicht in allen Stücken ernst nahmen, hängen blieb etwas in uns: nämlich daß Erwachen gefragt war und Starksein und keineswegs Heimlichtun und Verduften ins unterirdische Maulwurfsdunkel.

Wogegen wir aufmuckten, weil es uns gegen den Strich ging: das Flüstern und Wispern unter den Erwachsenen. Wie sie mit ihren Handrücken umgingen, hinter denen die Lippen sich verschmalten. Hängten sie nicht alle ihre Fahnen und Wimpel zum Fenster raus, sagten »Heil Hitler!«, wenn sie ein Geschäft betraten oder eine Behörde? Auch Vater sagte laut und vernehmlich: »Heit-ler!«, sobald er am Bankschalter stand oder bei Gecelli einkehrte oder samstags mit

Bradfisch die Neuigkeiten der Woche austauschte. Warum flüsterten sie auf einmal, wenn sie einander mitteilten:

– Gestern haben sie den Birckenstedt mal wieder zum Verhör geholt. Zwei Mann hoch im Wanderer-Kabriolett ...

War ihm denn Unrecht geschehn? Holten sie einen Aussätzigen denn unverdientermaßen in die Horst-Wessel-Straße?

Ne, was wir nicht abkonnten: aufrecht gehn und schwindeln. Zu Beginn der großen Ferien – es war der Tag, an dem die deutsche Olympia-Damenstaffel bei der Übergabe den Stab verlor und Adolf Heit-ler auf der Ehrentribüne aufsprang und ärgerlich wie Rumpelstilzchen mit dem Fuß aufstampfte und Hermann Göring neben ihm mißmutig kopfschüttelte –, an diesem Morgen läutete die Marquardt an unserer Wohnungstür, um sich bei Mutter zu entschuldigen. Sie müsse dringend verreisen und deshalb darum bitten, den Termin der großen Wäsche umzulegen. Sie wolle ihren Mann besuchen.

– Watt sall ick daun, lew Fru, sagte sie. Unter ihrem dünnen, verschossenen Kattunkleid hüpften ihre knochigen Schultern rauf und runter.

Mutter sagte:

– Na, sehn Sie, Frau Marquardt. Wer sagt's denn, es hat also doch noch geklappt. Da freue ich mich aber sehr ...

Aber sie freute sich überhaupt nicht. Ganz und gar ungelegen kam es ihr. Auf ihrem Gesicht las ich's ab, was sie in Wahrheit sagen wollte an der Haustür, wo's nach frischem Bohnerwachs roch und nach Salmiak: Aber liebe Frau Marquardt, Sie haben doch man gerade erst angefangen bei uns; und schon lassen Sie mich sitzen im Schlamassel. Zahl'n wir Ihnen nicht genug?

Sie bat die Marquardt ins Wohnzimmer, um mit ihr über das Wetter zu reden. Es war dasselbe Wetter, dem sie Bestand wünschte für die Dauer des bevorstehenden Urlaubs mit der Familie im Ostseebad Zingst, wo Vater längst Zimmer bestellt hatte in einer seiner vertrauten Reiseabsteigen und wo er auf Bevorzugung und Preisnachlaß rechnen durfte.

Was stimmte denn nun: War ihr die große Wäsche wichtig, die beständige Sonne und der Urlaub auf Fischland? Oder teilte sie die Freude der Marquardt, der man nach langem Warten endlich erlaubt hatte, ihren Mann im Gefängnis von Bützow-Dreibergen zu besuchen? Mutter sagte:

– Na, dann kommen Sie mal rein, ich brüh uns rasch eine gute Tasse Kaffee auf.

Kein Sterbenswörtchen über den Stellmacher und Hochverräter Paul Marquardt, dessen Schicksal mir, offen gestanden, maßlos gleichgültig war; Schmalzstulle sprach niemals über ihn, und wir auch nicht, uns galt seine Abwesenheit kaum mehr als eine mehr zufällige Ortsveränderung. Hätte uns jemand mitgeteilt, der Herr Marquardt von schräg drüben sei über Nacht und Tag plötzlich verstorben – ja, der mit seiner marineblauen Helgoländer Mütze und der Werkstatt hinterm Haus, aus der's immer kreissägte und hämmerte –, was hätte sich verändert? So einfach war für uns die Welt; auf der Zunge zu tragen. Und was uns mißfiel, das spien wir aus.

Ich sah zu den beiden Frauen rüber. Sie rührten in ihren Tassen, knabberten Mutters selbstgebackenes Heidesandgebäck. Dabei dachte ich fortgesetzt an die schwarzweißgefleckte Katze von nebenan, wie sie den Napf mit heißem Grießbrei umrundete, während ich auf meiner Hohner schlecht und recht mundfiedelte, weil Nebenluft entwich wegen eines fehlenden Schneidezahns.

Aufrecht gehn und schwindeln, dachte ich beim Verfehlen der Töne und unter Mutters flehenden Blicken, doch endlich damit aufzuhören.

Aufrecht gehn und schwindeln, weshalb nicht Dr. Thielke fragen in einer seiner nächsten Biologiestunden: ob das vielleicht ein Naturgesetz ...? Ich hatte sie doch so ziemlich alle reihum dabei ertappt, wie sie mit gespaltener Zunge redeten. Nur mich nahm ich aus. Mich und Dicki. Und ich ließ meine Zunge langsam über die Zahnlücke gleiten. Der Verlust, den ich erlitten, wollte mir jetzt als einleuchtender Beweis vorkommen für die Richtigkeit meiner Vermutung: aufrecht gehn und sich nicht scheuen, die Wahrheit zu sagen ...

... da war ich auf Schleichwegen zur Wohnung herein mit zerfetztem Braunhemd und blutverschmiertem Gesicht. Saß auf dem Klo, magenmalade, dem Rumoren und Grunzen im Unterleib lauschend und gepeinigt vom Durchfall den ganzen Abend über. Und mußte trotzdem kichern, als ich Vater detaillierten Bericht erstatten hörte über seine steigenden Verkaufserfolge in Pasewalk und in Greifswald, auf den Inseln Usedom und Wollin:

– Mit Geduld und Spucke ..., sagte er und ließ bei Mutter keinen Zweifel aufkommen, wem er seine geschäftlichen Erfolge verdanke: dem neuen Abführmittel, Elfriede! Es sei doll eingeschlagen, meinte er, wobei seine beiden Zeigefinger die »Continental« bearbeiteten und aus seinen handschriftlichen Kladden ins Leserliche übertrugen, was er heimgebracht hatte.

Eingeriegelt auf dem WC, dachte ich: Wie recht er hat. Er bräuchte bloß meinen Zustand anzusehn, Mann-mann-mann!

Er sah ihn. Aber erst am nächsten Tag machte er sich einen Reim drauf. Und wie Mutter um mich herumschwänzelte, entsetzt, den Tränen nahe über den Anblick meiner zerrupften neuen Uniform, der verkrusteten Stirnwunde, dem eingebüßten Schneidezahn in der Mundmitte:

– Nein, nein aber auch, wie du wieder aussiehst! Ist das euer Hajott-Dienst? Heinrich, sieh dir den Bengel an, nu kuck ihn dir bloß mal richtig an!

Natürlich sah Vater richtig, als ich tags drauf vor ihm stand, bleich und immer noch geschwächt von der Angst, neue Drangsal könnte mich jeden Moment ereilen, und das vor Erreichen der Badestube. Er senkte seinen Blick auf die Schreibmaschine, wobei sich seine Lippen lautlos bewegten, so als hantiere er im Geiste mit langen Zahlenkolonnen. Plötzlich sah er mich forschend an:

– Komm näher. Na, komm schon. Sag mir die Wahrheit. Seid ihr das gewesen, gestern abend hinten im Garten von Professor Birckenstedt?

Ich stellte mich dumm, trieb Wurzeln in den Teppich mit seinen orientalischen Webmustern, achtete auf Abstand. Ich fürchtete, Vaters Nähe könnte mich zum Reden bringen und mir mein Geheimnis entreißen, das ich so gern für mich behalten hätte. Alle hüteten sie doch ihre Geheimnisse. Weshalb bestritt man ausgerechnet mir das Recht dazu?

– Weiß gar nicht, wovon du sprichst, Pappa, sagte ich und lauschte auf verdächtige Symptome tief in meinem Leibesinneren: als würde mich ein Krebs kneifen mit seinen Scheren.

Diesmal wurde Vater handgreiflich. Er zerrte mich zu sich heran, ohne selber aufzustehn aus seinem Schreibtischsessel:

– Raus mit der Sprache, alter Freund! Seid ihr das gewesen? Du und dieser Marquard-Rowdy und der Siegfried Bradfisch? Wie lange treibt ihr das schon? Was hat euch der Professor getan? Schämt ihr euch nicht, dem alten Mann … das sind doch keine Streiche mehr, das ist ganz einfach widerlich, ekelerregend, infam … daß du so etwas …

Ihm lahmte die Sprache. Ich merkte, daß ihm Zweifel kamen. Er betrachtete mich lange. Keine Frage: meine Zahnlücke köderte zunehmend sein Mitleid. Er schien Hoffnung zu schöpfen, mich in der aufgezwungenen Rolle des Opfers zu sehn, verführtes, mißbrauchtes Opfer zweier Hajott-Rowdies, wie Mutter immer sagte, insonderheit Schmalzstulles Opfer. Ja, das wünschte er sich allem Anschein nach. Er traute mir die Schandtat schlicht und einfach nicht zu. Schmalzstulle, ja. Und Dicki Bradfisch, dem auch. Aber mir, ausgerechnet mir, dem es so scheinheilig gelungen war, sich als gehorsamer Sohn aus gutem Hause aufzuspielen, mir wollte er die verdammte

Schweinerei nicht zutrauen. Ich kannte ihn gut. Im Vergeben und Verzeihn war er nimmermüde. Mußte ihm nur die Gelegenheit dazu geben. Hatte er nicht auch dem Birckenstedt im Handumdrehn verziehn? Ihm dessen bitterböse Anspielungen auf den Kaufmannsberuf nachgesehn, indem er dem falschen Fuffziger auf offener Straße vor Heilpraktiker Klapproths Haus beinahe in den Hintern kroch? Sein cholerisches Temperament riß ihn zwar hin und wieder zu unbedachter Schelte hin, zu Züchtigungen mit der Wortrute; aber ebenso schnell war's vergessen und abgetan. Er taugte wohl wenig zum Erzieher. Das überließ er gar zu gern meiner Mutter. Sie hatte über die Woche die Last mit mir. Und was sie versäumte, sollte er bei seiner Heimkehr nachvollstrecken. Da legte er sich quer, da pochte er auf seine verdiente Ruhe. Zuerst die Hausaufgaben, dann ein Gläschen bei Gecelli. Ich wußte das, war ihm auf der Spur, als ich jetzt seine Hemmung, mich zu verprügeln, bemerkte. Es versengte mir fast die Lippen, so sehr drängte es mich, frei und furchtlos herauszuplatzen:

Birkelstein,
Humpelbein,
altes Schwein ...

wollte ich hinausschmettern, als befände ich mich mitten im Rudel vis-à-vis vom Sport-Palast, wo wir uns mittwochs und samstags zum Abmarsch versammelten: Wildgänse rauschen durch die Nacht mit schrillem Schrei nach Norden ...

Die Uniform war es, die mir ein Gefühl der Überlegenheit einflößte. Seitdem ich sie besaß, befand ich mich auf der richtigen Seite. Ein für allemal.

Ich machte mich von Vaters nachlassendem Griff los und nahm Reißaus, floh aufs Klo. Dort fand ich, daß es erwiesenermaßen keine gute Idee gewesen war, mich auf Vaters Verkaufsschlager einzulassen. Auch mußte ich jetzt zugeben, daß diesmal ich der Rädelsführer gewesen, der Anstifter.

Zu dritt nämlich waren wir am gestrigen Sonntag, der nicht Exaudi hieß und nicht Okuli oder Jubilate, sondern »Tag der Wehrmacht«, zu den neuerbauten Artillerie-Kasernen hinausgezogen, querfeldein über die Alte Rennbahn. Flugzeuge kreisten in der Luft. Auf dem Militärsportplatz sirrten Speere, kullerten Handgranaten. Es war warm und windstill. Schmalzstulle zog seine Trillerpfeife aus der oberen Tasche seines Braunhemds; aber nicht um zu pfeifen, sondern um unsere Aufmerksamkeit auf die rot-weiße Schnur zu lenken, auf die er unbändig stolz war und mit deren Hilfe er das große Wort zu führen beabsichtigte. Wir ließen ihn renommieren. Und Dicki pflaumte denn auch hinter gehöhlter Handfläche:

– Laß ihn man kommandieren. Wir haben die Groschen ...

Er beklopfte siegessicher seine Hosentasche, wo es metallen klimperte. Dickis Selbstbewußtsein hatte regen Zulauf bekommen, seitdem er seinen Vater mit Erfolg beklaute. Es schien, als hätte seine Angst vor den väterlichen Disziplinierungen nachgelassen zugunsten einer erwachenden intelligenten Gegenwehr, die ihm half, sowas wie ausgleichende Gerechtigkeit zu üben. Wir waren eben doch älter geworden, älter und erwachsener. Ich wisperte zurück:

– Und ich habe den Nachtisch.

Prahlerisch deutete ich auf meine prall gefüllte Hosentasche, auf Vaters problematische Warenmuster, in Silberfolie verpackte Riegel – Schokoladenkonfekt ähnelnd – Rippe für Rippe fruchtig gefüllt und nach Feigen und Backpflaumen und Honig und Sennesblättern schmeckend –, jedes Stück ein Versprechen auf Wohlgeschmack und trügerisches Wohlbekomms.

Aber dann trillerte Schmalzstulle doch. Er kujonierte uns eine Zeitlang herum, befahl Laufschritt und Hinlegen und An-den-Horizont-marschmarsch! Und der Horizont – lachst dich kaputt! – erwies sich allemal als die Putlitz-Kaserne, zu der ihn vorgeschmäcklerischer Eifer nach gekümmelten Eintöpfen zog …

– Tempo ,Tempo, Leute!

Auf dem verzweigten Kasernengelände trieben wir uns umher unter Tausenden von neugierigen Sonntäglern, bedienten 15-Zentimeter-Haubitzen, deren Rohre wir himmelwärts kurbelten, klemmten uns hinter ein MG vierunddreißig, um kurze Feuerstöße mit Platzpatronen hinauszujagen. Auch sahn wir uns in den Pferderemisen und Reithallen um, drehten gegen Entgelt jeder eine Platzrunde auf dickärschigen Remonten-Hengsten aus Holstein, füßelten durch die Mannschaftsunterkünfte, linsten vorlaut hinter Spindtüren auf halb- und gänzlich unbekleidete Mädchen, die uns lüstern ansahn, wohin wir uns auch stellten.

Bis Dicki als erstem Himbeerröte befiel. Soviel Nacktfleisch auf einen Hümpel machte ihn ganz schön unsicher, und er holte sich seinen zeitweiligen Spitznamen:

– Menschmeier, kuck dir bloß keinen ab, junger Bettenbauer! frozzelte der Unteroffizier hinter uns. Und fast hätte er Dicki die Nase eingeklemmt zwischen Spind und La Janas Schlangenkörper vor blitzenden Saxophonen.

– Ende der Vorstellung! Zack, zack! bellte der Unteroffizier, so daß wir flurwärts verdufteten, Dicki voran mit klingelnden Groschenmünzen am Hosenbein.

– Kiek bloß, wie hei löppt, uns' Bettenbauer! sagte Schmalzstulle.

Er genoß seinen Spaß. Und das Wort »junger Bettenbauer« lief ihm fortan behende über die Lippen, wenn er Dicki herumkommandierte.

Erwartungsgemäß zum Höhepunkt geriet uns der Schlag Erbsen mit Speck aus der Gulaschkanone. Da saßen wir unter freiem Himmel auf Kartuschen und Gartenstühlen und löffelten. Marschmusik röhrte aus Lautsprechern, brach sich mehrfach an den Fassaden der Unterkünfte. Während Dicki und ich die wabbeligen Speckbatzen aus dem Zusammengekochten hervorfischten und sie im Über-Schulter-Wurf nach achterwärts beförderten, leibte sich Schmalzstulle mucksmäuschenstill und selbstvergessen im emsigen Schlag das Suppig-Sähmige ein. Sein kreisender Löffel sortierte Dickes von Dünnem, separierte die Würfel aus Rauchspeck, um sie erst ganz zum Schluß, als sein Aluminiumbesteck hörbar den Napfboden kratzte, mit Hingabe zu verspeisen. Wir wunderten uns, selbst in Pimpfenkluft und rot-weißer Führerkordel zeigte er keinerlei Scheu, aller Welt und Hinz und Kunz seinen Dauerkohldampf anzuzeigen, uns zum Jux und

Hohn. Wir zogen ihn auf, diagnostizierten voll Häme Faß-ohne-Boden und Magenerweiterung, was auch immer das in unseren Fantasien sein mochte. Als er fuchsteufelswild wurde, halb gesättigt, halb hungrig noch immer angesichts unserer hinterrücks davonsegelnden Speckwürfel, beschwichtigten wir ihn, boten ihm groschenweise Entschädigung an, erkauften uns Schonung vor seinen Fäusten. Ohne lange zu fackeln, tat er uns den erhofften Gefallen, ging sich erneut schlangestellen, unbeirrt die Schöpfkelle des Kochs im Auge, wie sie aus der brodelnden Tiefe des Kessels Bandnudeln mit Büchsenfleisch heraufholte, darin der Löffel stand.

Bis er doch noch seine Fäuste sprechen ließ am Spätnachmittag in den Barnstorfer Anlagen. Sie fielen wie's Donnerwetter aus heiterstem Himmel, als Dicki mir im Tierpark – Auge in Auge mit zwei träge in der Suhle ruhenden Warzenschweinen – zuflüsterte, Schmalzstulle sei eben doch ein Nassauer; und warum? Er müsse seine bei Kraak erschufteten Kröten brav zu Hause abliefern auf Heller und Pfennig. Er mache sich trotz Häuptlingskordel zum Laufburschen für eine Putzfrau.

Schmalzstulle schlug gleich zweimal so kräftig zu, daß Dicki das Blut aus der Nase stürzte und Braunhemd, Lederknoten und Halstuch bekleckerte. Unsere Rauferei alarmierte die Warzenschweine. Sie erhoben sich mit ihren hängenden Dickbäuchen, zeigten wütend Zähne und tobten in ihrem Käfig hin und her, daß uns aufwirbelnde Schlammbrocken, Scheiße und Futterreste nur so um die Ohren flogen. Dicki ließ nun erst recht allen aufgestauten Schimpf abgehn im

Weglaufen: daß er alles seinem Vater erzählen werde, der wisse schon, wie man mit einem Sozibengel umzuspringen habe und wenn der auch zehnmal Schnur und Fahrtenmesser ... bloß um vergessen zu machen, daß ein gewisser Stellmacher Paul Marquardt hinter den schwedischen Gardinen von Bützow-Dreibergen seine Zeit damit zubringe, unter Aufsicht zu lernen, wie man ein anständiger Deutscher ...

Weshalb ich Partei ergriff? Ich weiß es nicht. Es erschien mir passend, der Lage angemessen, daß ich Auswendiggelerntes herbeizitierte, Sextaner-Englisch, das nur wir beide verstanden, Dicki und ich:

– »Baba black sheep, have you any wool ...?«

Keine fünf Schritte vom Raubvogelkäfig warf er sich auf mich. Wir kugelten über den Kiesweg in die Rosenrabatten. Er hatte hinlänglich verstanden, was das war: Baba black sheep ...

Im Dornengestrüpp holte er sich meinen Reißzahn. Tief saß ihm der Stachel. Den Frotz über seine Verfressenheit hätte er sicher verkraftet, schon um weiterhin den Gratisverkoster zu spielen. An der Ehre seiner Eltern ließ er nicht rütteln. Erbarmungslos schlug er auf mich ein. Mißtrauisch beäugten uns die aufgefußten Greifvögel hinter den Drahtmaschen der Voliere ...

Noch auf dem häuslichen Klosett hinter verschlossener Tür, um vor weiteren Fragen Vaters sicher zu sein, blieb mir der stechende Adlerblick aus der Astgabel. Und wie der große Vogel sich auf einmal zur Erde gleiten ließ, um sein Gewöll hervorzuwürgen. Dicki hörte ich schniefen und blutlecken. Und meinen eigenen Schreckensruf, als mir der Schneidezahn unwiederbringlich dahin. Schmalzstulle kroch auf allen vieren durchs Rosenbeet auf der Suche nach seinem Fahrtenmesser. Ich hatte es ihm vom Koppel gerissen.

Blut und Ehre stand darauf zu lesen in schwarzer Faksimileschrift. Schmalzstulle schwor Stein und Bein, Adolf Heit-ler höchstpersönlich hätte das auf die Klinge geschrieben; auch der Blockwart Kraak sei dieser Meinung. Kraak müsse es wissen. Vater indes brachte es dazu, spöttisch zu lächeln, als ich ihm mit derlei Hokuspokus das Geld abluchsen wollte, um mir ebenfalls ein Fahrtenmesser zu kaufen.

– Heit-lers persönliche Handschrift? Was willst du denn damit? Brotknüste schneiden?

Er lachte. Aber diesmal lachte ich nicht mit. Ich deutete vorsichtig an, daß es ihm doch jetzt nach seinen eigenen Maßgaben pekuniär recht gut ginge; und ich zitierte seine eigenen Worte, als er zu Mutter gesagt hatte: Ja, Elfriede, so peu à peu geht's jetzt wirklich aufwärts. Und über deine Pelzjacke läßt sich reden. Warte nur, balde ...

Da haute er mir tatsächlich eine runter. Aber nicht etwa in Bulthaupts »Uniform-Ausstatter« am Hopfenmarkt; nein, er haute mir zu Hause eine runter, wo's keiner sah. Und es hörte ja auch keiner, als er empört ausrief:

– Blut und Ehre, das ist ein runder Quatsch. Blut und Ehre ... daß ich nicht lache! Einem Schwachen und Wehrlosen den Garten vollscheißen, das ist eure Ehre!

Was er verschwieg: sein durchschlagendes Abführmittel, unseren so gierig verschlungenen Nachtisch nach Prügelei und Zahnverlust. Da lagen wir hinter der aufgeworfenen Krone eines zerfallenen Laufgrabens auf dem Exerzierplatz und spielten Krieg. Versöhnt hatten wir uns schon beim Verlassen des Tierparks. Ich hatte einige Mühe beim Kauen; Schmalzstulle und Dicki räumten mir so flink die Hosentaschen aus, daß ich Mühe hatte, nicht zu kurz zu kommen.

Dicki meinte, das Zeug schmecke wirklich prima; Schmalzstulle brachte es auf den Nenner; er sagte – wollüstig schmatzend:

– Dat's wie Schokoloor.

Ich dachte an die Folgen und nuschelte weissagerisch durch meine Zahnlücke:

– Afftöben.

Die ersten Darmwehen meldete Dicki Bradfisch, als wir den Kaffeegarten der »Trotzenburg« weiträumig umgingen und noch ein gutes Viertelstündchen den Tennisspielern zusahen. Um so heftiger bestaunten wir auf dem nahen Parkplatz die Opel-Kapitäne, die Daimler Benz und die Horchs mit den vier verschlungenen Ringen am Kühler. Und allerfrühestens jetzt: wo wir wißbegierig und nicht ohne Respekt zwischen den Nobelkutschen hindurchwieselten und unsere Wunden im spiegelnden Lack der Karossen betrachteten, hielten wir es für ausgemacht, daß Tennisspielen und großes Geld zusammengehörten.

– Wie Kopp und Haut, meinte Schmalzstulle und ratschte mit einer der verrosteten Patronenhülsen, die er auf dem Exerzierplatz eingesammelt hatte, quer über die Motorhaube eines Opel-Admiral.

Wir machten, daß wir wegkamen. Nicht allein die

Furcht vor Entdeckung und Schadenersatz war es, die uns antrieb und aufs Tempo drückte.

So lernten wir erstmals Birckenstedts Garten kennen in der Dämmerung und ohne jedes Bedenken, von Anwohnern gesehn und erkannt zu werden. In angeschmuddeltes Braun getarnt, einer wie der andere – vor wem sollten wir Schiß haben? Daß der alte Maulwurf uns identifizieren könnte, kümmerte uns wenig. Da müßte er schon mit einem geöffneten und einem zugekniffenen Auge durch die Rolladenritzen schielen. Und wenn schon, meinte Schmalzstulle. Maulwürfe besäßen Nachtaugen; am Tage wären sie blind.

Mit heruntergelassener Manchesterhose ging er in die Kniebeuge. Er mußte sich sputen. Dunnerlittchen, stöhnte er und pflückte Erdbeeren dabei. Er war wieder ganz obenauf. Er hatte uns verziehn. Und wir hatten ihm verziehn. Alle drei hockten wir in Abständen von wenigen Metern zwischen den Monatserdbeeren, von denen Schmalzstulle behauptete, es handle sich um die Sorten »Baron Solomacher« und »Non plus ultra«. Als Dicki und ich Zweifel durchblicken ließen, rief er seine Mutter als Zeugin an; sie wüßte es genau; denn sie habe gehackt, nachgepflanzt und gewässert und das zweimal die Woche zu erbärmlichstem Salair.

Klar, daß er nicht »Salair« sagte. Er sagte ja auch »Baron Solomacher«; korrekt hieß es »Baron Solemacher«. Im Unterschied zu uns besaß die Familie Marquardt kein Fremdwörterbuch. Doch wir hüteten uns, neuen Zank aufkommen zu lassen. Schwäche lähmte zudem unser Mundwerk, griff dann über in Windeseile auf alle unsere unsichtbaren Bereiche, von denen wir bisher meinten, sie gäbe es überhaupt nicht: als schöbe und dränge und quölle es nach unterwärts raus auf Beete und Rabatten und steinerne Wegeplatten, als stülpe der Unterbauch sich um. Da war nichts mehr mit Aufrechtgehn; in Dauer-Kauer-Stellung entließen wir die Hölle in uns aus Stunk und Kot.

Auf der Suche nach Rhabarberblättern erbrach sich Dicki sogar mundwärts, kniete hin unter mannshohen Königskerzen und Stockrosen. So verrauchten unsere infamen Absichten in den Abendhimmel, vergaßen sich. Wir selber hatten uns ein Bein gestellt.

Dies Bild ist mir haftengeblieben: Dickis leichenwächsernes Gesicht. Und über ihm die kleinen gelben Lichter der Königskerzen.

– Danke, mir auch, sagte Siegfried und erbat sich nun doch einen Schluck Kaffee aus meiner Thermosflasche.

– Auch 'ne Stulle mit Mettwurst?

– Ne, bin ja nicht Schmalzstulle. Er lächelte.

Wir standen im einstigen Wintergarten, wo noch Reste der Rolläden vor den Fenstern hingen, und sahn in den verwüsteten Garten.

– Weißt du, sagte Dicki, an diesem Abend konnte ich weder leben noch sterben, ein Zustand, der mir heute beinahe gleichnishaft vorkommen will für alles, was damals mit uns geschah ...

– Übertreib mal nicht, sagte ich. Wir haben's beide überstanden.

– Ja, das haben wir, sagte Dicki.

Lange blieb uns Vaters Bußgang in die Schliemannstraße siebzehn Gesprächsstoff. Er soll den vorgeschrittenen Abend gewählt haben, nach Einbruch der Dunkelheit und gegen Mutters leisen Vorwurf:

– Wie ..., so spät noch zu Gecelli, Heinrich? Also ich weiß nicht, was werden die Leute sich dabei denken?

Er schwieg dazu. Es sollte wohl niemand bezeugen, daß er nach Canossa zog, zwei Straßenzüge weiter um die Ecke und gleich das erste Haus. Mein Wort, ich war ahnungslos. Ich schrieb an einer Strafarbeit; hundertmal: »Ich soll während des Unterrichts den Mund halten und es unterlassen, mit Sahnebonbonpapier zu knistern.« So erfuhr ich's erst Tage drauf von Mutter. Sie wiederum hatte es der Marquardt abgeluchst in der Waschküche zwischen schäumender Lauge im Kessel und Buntwäsche in der Spülbalje, wo sie erste, wenn auch taktvoll errungene Abwehrerfolge verbuchen konnte gegen der Marquardts breites Küstenplatt, dem sie streckenweise mundoffen folgte, ohne zu begreifen.

Auch später noch, wenn ich im Nebenraum – einer Abstellkammer mit Feuerpatsche, Löschsand und Einreißhaken – mein Fahrrad putzte, lockten mich an Große-Wäsche-Tagen Frau Marquardts Neuigkeiten aus Birckenstedts Einsiedelei. Wie oft habe ich Mutter »Pssst!« zischeln hören und: »Doch nicht so laut, Sie wissen doch, unser Hauswirt hat auch Ohren zu hören ...« Aber die Marquardt rubbelte unbeirrt und ohne innezuhalten Leib- und Bettwäsche mit geröteten, aufgesprungenen Händen und spulte ihr unverständliches Garn:

– Ick weet ook nich, watt hei anstellen deit. Ümmer is hei inne Gang. Un biet Äten, minsch, minsch! Allens vull Krümel. Un von sien Kök wull'n wie gor nich ierst räd'n. Hei makt sick nu allens sülfst: Kakt un klaart rüm, so'n Swienkram öwer ook …

Es war wie hinterm Vorhang gesprochen, Kauderwelsch im Dunst aus Wasserdampf, das Mutter nur mit Mühe enträtseln konnte. Mir ging es leichter ins Ohr, rasch gewann ich den Durchblick. Das verdankte ich zweifellos meinem ständigen Umgang mit Schmalzstulle. Folglich reimte ich mir wohlklingende Verse, sobald ich die Marquardt von »inböten« reden hörte, von »Hundsdag« und: »Woför bött' hei mitten in 'n Sommer so dull in? In 'n August, inne Hundsdag makt hei Füer in sien Kamin. Datt knistert un quiemt …«

Daß »inböten« einheizen hieß, das wußte ich. Und ich konnte mir denken, was der alte Maulwurf da Tag für Tag im Herrenzimmer oder unten im Keller einäscherte, damit's niemand finden sollte: Papiere, Hetzschriften, Deutschfeindliches im Zweifel.

Anders Mutter. Die stand dann gewöhnlich mit Kopftuch und Schürze im brodelnden Dampf und tappte im Nebel. Und manchmal gebot sie dem Redestrom ihrer Waschhilfe ermüdet Einhalt:

– Nun sagen Sie mal, meine Liebe, ohne daß ich Ihnen zu nahe treten möchte, ein bißchen mehr Hochdeutsch Ihrerseits, und man könnte verstehn, worauf Sie hinauswollen. Tun Sie mir die Güte an, ja?

Mutter konnte, wenn es sein mußte, sehr höflich sein. Das waren erfahrungsgemäß frühe Alarmsignale, bevor Ärger ihre Unterlippe zum Zerreißen spannte. Vater pflegte dann am liebsten das Weite zu suchen.

An diesem vorgezogenen Waschtag – und bevor wir ins Fischland aufbrachen – war es mein blutbeflecktes Braunhemd, das unerwartet Klarheit schuf. Die Marquardt schaltete schnell. Während sie abwechselnd mein verschandeltes Hemd und meine beschissene Manchesterhose übers Waschbrett zog, begriff sie, weshalb Vater zu so später Abendstunde den Professor aufgesucht hatte: um gut Wetter zu bitten, was denn sonst. Und der Professor hatte demzufolge recht, wenn er von einer ganzen Rotte von Hajott-Rowdies sprach, von Vandalen und Barbaren ante portas und intra muros.

Sicher ging ihr ein Licht auf, daß Schmalzstulle es entgegen seinen kameradschaftlichen Beteuerungen unmöglich allein gewesen sein konnte: soviel Kotiges hatte sie zu beseitigen, so viele Erdbeerbeete und so viele Blumenrabatten zu entschmutzen, so viele Wegeplatten mit Wasserschlauch und Schrubber, daß es auf keine Kuhhaut ging und überhaupt! Den eigenen Sohn hatte sie vertrimmt und vertobakt, hatte mit Drohungen nicht gespart, es dem Vater beim bevorstehenden Besuchstag übermorgen unter Aufsicht des Strafvollzugsbeamten vorzutischen, damit ihm plausibel werde, was für einen mißratenen und verqueren Sohn er da aufgezogen ...

Und nun die Erkenntnis, daß da Komplizen aus gutem Haus mitgekotet und mitgeschissen: verzogene Bürgersöhne mit Aussichten auf höhere Bildung.

So viele Mißverständnisse unter feuchter Wolkenwatte. Denn auch Mutter bekam es in den falschen

Hals. Nicht daß sie enttäuscht oder ungehalten gewesen wäre, auf Umwegen von Vaters Buß- und Bittgang zu Birckenstedt zu erfahren, nein, sie empörte sich darüber, daß er überhaupt und grundsätzlich ... Sie war nämlich gegen jedwede Intimbeziehung von Wohnung zu Wohnung, von Haus zu Haus. Nur nicht noch einmal Karpfen blau zum Heiligen Abend mit undurchsichtigen Personen, und führten die auch einen akademischen Titel im Namen. Vaters neuerdings häufig zitierter Satz kam ihr jetzt gut zustatten: My home is my castle. Wo man doch nie so recht wisse, wer was über wen ausstreue. Wenn sowas in falsche Ohren und so.

– Nein, meine liebe Marquardt, Sie müssen schon verstehen: Ins Gerede der Leute kommen, das wollen wir nicht!

Vater und der Maulwurf im Gespräch, das besaß für unsere auf Freund und Feind vereinfachte Denkwelt allemal Spielräume genug. Wir stellten uns vor, wie die beiden im Herrenzimmer bei glösenden und zu Asche sich kräuselnden Drucksachen am Kamin gedankentauschten. Ob sie Wein dazu tranken? Ausländische Radiosender hörten? Mit Fremdwörtern sich verständigten? Hinter zugezogenen Flauschgardinen in verqualmter Zimmerluft – zum Zerschneiden so dick – Tabakrauch inhalierten: Virginia mit Backpflaumen- und Feigenduft? Und Sultan-Auslese Numero acht im Gegenstunk? Okzident und Orient, Koofmich und zersetzende Wissenschaft zur Versöhnung bereit? Immer schon nährte ich ja den Verdacht, daß die beiden gut miteinander konnten.

Oft zogen wir Söhne unsere Väter ins fiktive Verhör, kritisierten sie, hechelten sie durch, weit weg waren sie für uns. Schmalzstulles Vater war am weitesten weg. Aber nie zeigte Schmalzstulle Anzeichen, als entbehrte er die Anwesenheit seines Alten. Wäre es so, wir hätten es sicher bemerkt. Auch ohne Vater geht man seinen Weg.

Ja, was für einen Sohn hatte der Stellmacher und Hochverräter Paul Marquardt eigentlich: Hielt er's in seiner Gefängniszelle für möglich, daß sein Sohn ein knappes halbes Jahr später die grüne Schnur tragen würde? Immer vorausgesetzt, seine schuftende Ehefrau unterrichtete ihn an Besuchstagen oder in verschlüsselter Briefsprache über den Fortgang der tausend Jahre draußen im erwachten Deutschland. Wer sollte denn auch gegen Ende sechsunddreißig annehmen, die Weltgeschichte schlüge ganz unerwartet einen Hasenhaken und Schmalzstulles zeitweilige Führerrolle könnte dermaleinst in Nachrufen gegenläufig ausgelegt werden:

... daß er seinen Vater habe schützen wollen,

... daß er seine Mutter habe stützen wollen,

... daß er ein ausgebufftes Doppelspiel getrieben selbst hinter unseren Rücken.

Ach ja, die Nachrufe, die geschönten Gegendarstellungen. Damit hatte es massig Zeit. Erst mußten wir erwachsen werden und Verstand hinzugewinnen mit oder ohne die Mithilfe unserer Väter und Steißtrommler auf den Kathedern. Zu allererst mußten unsere Gefühlsräusche sich ausnüchtern.

Im Frühjahr siebenunddreißig, im April zu Heitlers achtundvierzigstem Wiegenfest – wer setzt hier hieb- und stichfeste Daten? Du, Dicki? –, im Frühjahr siebenunddreißig behing ihn Bannführer Wangerin vor angetretenem Fähnlein auf dem Sedanplatz mit der grünen Schnur. Otto von Bismarck sah mit steinernen Blicken zu. Die gedröselte Flechtgirlande reichte Schmalzstulle von der linken Schulterklappe bis hinab zum zweiten Hemdenknopf. Erwartungsgemäß war er nun aufgestiegen zum Jungzugführer. Zwar war er in unseren neidgetrübten Augen noch lange nicht »bestätigt«, was soviel hieß: der zweite Silberstern auf seinem Oberarm war noch nicht aufgegangen; einer nur zierte auf schwarzem Kreis sein beachtliches Muskelspiel. Immerhin leuchtete uns fortan zweimal die Woche das satte Giftgrün voran. Und seine zwei Lebensjahre, die er Dicki und mir voraus war, fielen von nun an doppelt ins Gewicht.

Vater veranlaßte diese merkenswerte Karriere eines Volksschülers und Siebenkläßlers nach seiner Rückkehr aus dem fernen Stolp zu der Bemerkung: Ich ließe es gar zu augenfällig an Ehrgeiz fehlen. Nichts für ungut, mein Kronensohn, an dem ich mein Wohlgefallen habe... Er hielt wohl ein gesundes Quantum davon für unerläßlich, um im bevorstehenden Lebenskampf nicht zu unterliegen. Auch fand er durchaus nichts dabei, auf sich selbst zu verweisen, auf seinen nie erlahmenden Fleiß, auf seine Geduld und Spucke und auf die steigenden Provisionen, die er heimbrachte. Nicht ohne Augenzwinkern pries er den goldenen Mittelweg als den erstrebenswertesten:

– Bloß nicht auffallen, mein Sohn, wiederholte er. Zum Hordenführer hättest du's mittlerweile schon bringen können, findest du nicht? Wenn ich da an deinen Busenfreund Marquardt denke ... Hordenführer ist mehr als nichts; aber gar nix ist weniger als nichts, verstehst du, was ich meine?

Ich nickte beifällig. Gegen seine Argumente war schwer aufzukommen. Seiner Familie bewies er's. Zum vergangenen Weihnachtsfest hatte er Mutter die längst überfällige Pelzjacke auf den Gabentisch gebreitet. Und zu Ostern zur Versetzung in die Quinta stellte er mir ein Fahrrad vor die Haustür, Marke »Dürkopp« mit Vollballonreifen und dynamogetriebener Lampe. Alles, was er ins Werk setzte, verriet planende Absicht, wenn man so wollte: den klügelnden Vorausblick. Der war auf das eigene Auto gerichtet. Mir wollte das einleuchten. Er sehnte sich danach, frei zu sein, frei von Reichsbahn- und Postbusverbindungen, erlöst von der Last seiner Musterkoffer, die mit dem Zuwachs an Parfümerieartikeln und Manikürkollektionen notwendigerweise immer bleierner wurden. Auch stieg er neuerdings in besseren Hotels ab und betuchte sich in schneidergefertigte Anzüge mit zwei Anproben; aus Malchow bezog er die Stoffe, nadelgestreifte, pfefferundsalz und grauen Flanell, für den Besuch seiner Kunden in den Ostseebädern. Die schlimmen Jahre nahmen allmählich die Blässe einer unschönen Erinnerung an. Darin war er sich mit Mutter einig: Nie sollten sie und durften sie wiederkehren und lebende Kontur annehmen: die schlaflosen Nächte, die Abendmahlzeiten mit Bücklingen und dünn Butter, die sich jagenden Eintöpfe an Samstagen, die er mit dem ihm eigenen verkniffenen Humor »gedrängte Wochenübersicht« nannte. Kopfschüttelnd und frei von Bedauern gedachte er der Quasseldebatten im Deutschen Reichstag und all der uneingelösten Versprechen, wie er fand. Auch Mutter wußte da einiges beizusteuern:

– Die vielen Morde landauf, landab damals, Heinrich. Weißt du das noch?

Sie nannte Namen: Denke, Haarmann, Seefeld. Und so blieb es nicht aus, daß ihr Traum vom eigenen Häuschen am westlichen Stadtrand wieder häufiger aufschäumte.

Vater wiegelte pfiffig ab:

– Nur keine jüdische Hatz, Elfriede. Eins kommt zum andern. Per aspera ad astra. Durch Nacht zum Licht. Das dauert und braucht seine Zeit. Und Rom wurde auch nicht an einem Tag erbaut ...

Ich merkte sofort: Das mit der jüdischen Hatz, das hatte er bei Rektor Bradfisch gemaust, in dessen Sprachschatz zunehmend süddeutsche Idiome kümmerten. Neben dem »Völkischen Beobachter« las Bradfisch regelmäßig das »Schwarze Korps«.

Unsere Väter blieben auch im Gespräch, als wir – Dicki und ich – unsere erste größere Radtour unternahmen über Biestow und Kritzmow ins Fahrenholzer Holz. Dicki, dessen angeblich drüsenbedingte Fettleibigkeit sich zusehends zu verlieren begann, saß vollschlank im Sattel. Prompt hatte er mit mir gleichgezogen und seinem gebeunlustigen Vater an zwei langen Abenden abgedremmelt, worauf er jetzt strampelte: ein Halbballon-Rad der Marke »Vaterland«. Ein gängiger Versandhausartikel, wohlfeil, solide und kernig deutsch in allen seinen Einzelteilen. Dickis Intelligenz setzte frühe Knospen an. Er spielte bereits mit Dingen, die wir ganz schön blutig ernst nahmen. Vor allem den politischen Bierernst seines

Vaters begann er madig zu reden, den Uniform- und Disziplintick beispielsweise und dessen blitzundblanke Schaftstiefel im besonderen, die er als Symbol eines verkorksten Erziehungsideals in Verdacht brachte. Der listige Dicki, der in allen mathematisch geprägten Fächern lauter Zeugnis-Einsen nach Hause trug, witzelte über seinen Vater, ohne zu erröten. Kräftig trat er in die Pedale, trieb mich an zu Wettfahrten. Verflogen war sein einstiger Bammel vor Dresche und Arreststrafen, verflogen sein unterwürfiger Gehorsam:

– Jawoll, Vadder!

– Nee, Vadder, aber ...

– Mach ich, Vadder!

Der soll übrigens eines Abends in »Gecelli's Weinstuben« bei einem Römer mit Moselwein Schwarze Katz resignierend bemerkt haben:

– Da siehst du's wieder einmal, Heinrich. Sie wachsen uns übern Kopp, bevor wir noch ganz baff gesagt haben. Trotzdem, sei's drum; fairerweise muß man zugeben: recht haben sie, die Bengels. Denn mit Muckern und Muttersöhnchen verfehlen wir als Volk unsere Zukunft.

Es steht dahin, ob Vater beifällig nickte oder vorsichtig Einwendungen erhob. Er hatte wohl seine eigenen Vorstellungen von der Zukunft. Auch frage ich mich, ob es ihm wirklich zusagte, fortan mit Rektor und Parteigenossen Bradfisch Tisch und Spätlesen zu teilen. Mal Vater fragen, ob die Liebe so weit ging.

Dicki jedenfalls war zu jeder Auskunft bereit, als ich nachstocherte:

– Ja aber ..., fragte ich, als wir die Dorfkirche von

Biestow hinter uns ließen, uns durch schlammige Fahrrinnen voranstrampelten, linker Hand der Dorfteich ...

– Ja aber ..., ich dachte immer, dein Alter trinkt Bier, dunkles Patzenhofer, M&O-Märzen ...?

Dicki lag um Längen vorn, als wir den Dorfausgang passierten:

– Quatsch mit Soße! stieß er – über den Lenker gebeugt – hervor. Kapier doch, der alte Makkaronifresser Gecelli ist tot. Jetzt steht draußen dran: »Gecelli Nachffff ...«

Wir hatten wieder glatten Weg. Und Dicki wollte sich scheckig lachen. Um ein Haar wäre er in seiner Tränenblindnis in einem Hochwald aus blühender Schafgarbe gelandet. Dicki konnte so herrlich blöde tun. »Gecelli Nachffff ...«, das sollte natürlich »Gecelli Nachfolger« heißen. Und er erläuterte mir das neue Firmenschild in der Steinstraße mit allen seinen Hintergründen: daß dieser Nachfolger des alten Gecelli Mitglied der Reiter-SA sei, eingetragener Parteigenosse und Deutscher natürlich. Dicki wußte, wo die Glocken hingen, die sein Vater läutete. Denn im Unterschied zum westrassisch südblütigen Ernesto Gecelli, dem widerspenstig redseligen Meckerer mit seinen klingenden Vokalen, stand sein Nachfolger dem neuen Deutschland entschieden näher. Er hieß ja auch Gregor Schmidt. Das sei der Grund, weshalb Bradfisch der Schenke neuerdings die Ehre erwies und sogar seine Trinkgewohnheiten wechselte: Bier raus, Wein rein.

Vater bestätigte das. Bradfisch trug sich tatsächlich mit der Absicht, in der einstmals von Birckenstedt bevorzugten Nische direkt unter den Blicken eines bechernden Augustinermönches seinen eigenen Stammtisch zu gründen, dem er vorzusitzen gedachte. Wider Erwarten plötzlich hatte er seine langgehegten Vorurteile gegen das mediterrane Gesocks – wie er sich ausdrückte – überwunden. Nie hatte er die Italiener sonderlich gemocht. Seitdem er als Einjährig-Freiwilliger und junger Leutnant am Isonzo gekämpft und in schwindelerregenden Granitwänden wie zwischen Leben und Tod gehangen, traute er den Romanen keine Heldentaten zu, nannte sie nach drei Schoppen ganz unverblümt »Europas Schlappschwänze« und »Katzenfresser«, dichtete ihnen angeborene »Verräterei« an und: »Mit denen kann man ja nicht mal 'n schlichten Blumenpott erobern, ohne daß sie unterwegs ausscheren!«

Damit wich er deutlich von der offiziellen Parteilinie ab. Schwer zu sagen, wie Vater auf so viel Großfressigkeit am Tisch reagierte. Ob er »Na na na ...« sagte oder ob ihn plötzlich vorgeschütztes Unwohlsein aufspringen ließ, um nach Hause zu eilen. Eingeklemmt zwischen Baum und Borke und das möglicherweise in Zukunft jeden Freitag oder Samstag ... ich weiß nicht, ich weiß nicht ...

Wir wußten anderes, als wir an einem Sonntag gegen Mittag unweit Kritzmows im Wrukenfeld saßen und mit unseren Fahrtenmessern Rüben schälten und schnitzelten: Beide schwänzten wir den Hajott-Dienst. Eigentlich hätten wir, statt unter freiem Himmel lästerliche Väterschau zu halten und Rübenfleisch über Daumen und Messerklinge zu knabbern, im neuerbauten Hansa-Lichtspielhaus zubringen müssen, eingestühlt zwischen Hans und Franz zur Jugendfilmstunde.

Wir hatten es schriftlich: Erscheinen ist Pflicht. Und so oder ähnlich hatte Schmalzstulle auch am Vortag getönt, seine grüne Schnur an der Hemdentasche gelöst und »Weggetreten!« getrillert. Auf dem gemeinsamen Nachhauseweg hüteten Dicki und ich erstmals Geheimnisse vor Schmalzstulle. Möglich, daß es nur der Besitz unserer Fahrräder war, der uns von ihm trennte. Seine Armut fing an, zur Barriere zu werden. Das würde sich auf weitere Sicht kaum ändern. Schwerlich würde seine Mutter imstande sein, ihm ein Fahrrad zu kaufen. So blieb er der mittellose Tippelbruder; in unseren Freizeitplänen schrumpfte er zur halben Person; voll zu rechnen war nicht mehr mit ihm. Ob er es wahrnahm? Ob er es spürte, daß wir uns mit dem Rollenwechsel: heute Vorgesetzter – morgen Freund und Kumpan immer schwerer taten? Er tat jedenfalls, als übersehe er die Klippen und Klüfte in unseren Beziehungen. Er ordnete am folgenden Tag – einem Montag – Strafdienst an; nachdem er uns vergeblich um Entschuldigungszettel für unser Ausbleiben zur Flimmerstunde in den Hansa-Lichtspielen ersucht hatte, befahl er Dicki und mir, eine Stunde vor dem Antreten im vollen Wichs zu erscheinen, mit gepacktem Affen, mit Decke und Zeltbahn und Kochgeschirr und Feldflasche. Eine geschlagene Stunde ließ er uns vom Sport-Palast aus durchs Gelände jachtern. Er kannte keine Nachsicht. Gelobt sei, was hart macht! Er sprang mit uns um wie mit Straffälligen. Dicki schniefte mir aufgebracht ins Ohr:

– Nun isser abgemeldet bei mir bis in die Steinzeit. Keinen Sechser mehr für Eis am Stiel, kein Freibillett für Circus Sarrasani, Pustekuchen.

Ich tuschelte abgeschlafft retour:

– Jawoll, kein Stück. Toter Mann, das Arschloch, das …

Aber alles blieb bloß Schall und Rauch. Im Kern unserer Herzen saß uns die süße Kumpanei, nistete schiere Bewunderung. Schmalzstulle behauptete sich als der starke Mann mit schwellenden Muskelpäckchen. Seine Gabe fürs praktische Tun beherrschte uns.

Na schön: Was ich zu bedenken gebe: Ob uns nicht vielleicht die kommenden Ereignisse schon listig ins Handwerk pfuschten, bevor sie geschahn; Zukunft – noch gar nicht begonnen – bereits ihre Schatten ins Gegenwärtige warf? Mir jedenfalls war, als fing sein Stern an, trügerisch zu flimmern. Sein Licht strahlte zwar noch ungefiltert hell, aber erste Wolken zogen dräuend auf. Ich weiß ja, was geschah. Und wie es geschah. Aber immer schön der Reihe nach.

Sterne sahn wir aufgehn. Und Sterne sahn wir untergehn. Abends zur Maikäferzeit verlängerten wir die Hinterachse des Großen Wagens am Himmel fünfmal und stießen auf den Polarstern, den Dr. Thielke den Sirius nannte. Und wenn man den nur fest und unbeirrt in die Pupille nehme und zügig drauflosmarschiere, so käme man unfehlbar ans anvisierte Ziel. Und die wetterfeuchten, grünbeflorten Seiten der Buchenstämme, da liege grob geschätzt die Nordsee, lägen Borkum und Norderney und gelegentlich sogar der Kölner Dom, den er enthusiastisch herausputzte als ein Wahrzeichen alles Deutschen.

Wir fanden, an der Küste oben sei Dr. Thielkes Naturlatein besonders günstig zu überprüfen. An Ferientagen fuhren wir auf unseren Rädern nach Warnemünde, manchmal diagonal durch die Heide nach Graal-Müritz. Es radelte auch Schmalzstulle. Milchmann Kraak, bei dem er sich unverdrossen nützlich und käuflich machte, hatte ihm das Lieferrad ausgeliehen, das schwere Vehikel mit dem ausladenden Gepäckständer vorn, auf dem er allmorgendlich die Flaschenmilch ausfuhr. Kraaks Leihgabe erwies sich als äußerst praktisch. Anstelle der Milchflaschen ließen sich auf dem Drahtgestell bequem unsere Zeltbahnen unterbringen und der rußgeschwärzte, zerbeulte Aluminiumkochpott für die Suppenwürfel und Knorrs Erbswurst.

Im Dreierzelt erwehrten wir uns der Stechmücken, pellten hartgekochte Eier, tranken Tee mit Zitrone und reichlich Zucker, lutschten Dextro Energen, um einem vermeintlichen Kräfteschwund Einhalt zu gebieten. Traubenzuckermunter bestiegen wir bei Eintritt der Dunkelheit den hölzernen Brandwartturm der Technischen Nothilfe, Schwindelandrang im Kopf. In Glücksnächten gelang es uns, das Gedser-Feuerschiff morsen zu sehn. Flirrendes Funkeln wie Schmalzstulles Sternenlicht, so sehn wir's heute. Denn es waren meiner Erinnerung nach die letzten Male, wo wir zu dritt zusammen waren unter der Anführerschaft Schmalzstulles. Dickis geistige Dominanz nagte anfangs schonend, bald jedoch mit Nachdruck an seiner Autorität.

Bis die Sache mit Woitges Süßwarenbude passierte am Rande des Sedanplatzes. Zwei Daten stehn mir sperrig im Kopf herum, heute so wie gestern nach so vielen Jahren:

Am Ersten Mai achtunddreißig erklomm Schmalzstulle den Zenit seines kurzen Lebens; und als habe er uns seinen Höhenflug auch weithin sichtbar vors Auge stellen wollen, schraubte er sich mit Händen und Füßen den Maibaum hoch und pflückte sich reichlich Lorbeer.

– Wenn er bloß nicht abstürzen tut, der Dösbaddel, der! Wieso will er denn bloß so hoch hinaus, verklaren Sie uns das mal, Frau Marquardt.

Ein pausbäckiger Engel mit Taktstock dirigierte den Florentiner Marsch, der aus einer Karussellorgel lärmte.

– Wie sall ick datt weeten, lew Fru, sagte die Marquardt und drehte sich herzbibbernd weg.

Sie verstand ihren Jungen zunehmend weniger. Möglich, daß sie das dicke Ende vorausträumte an diesem Ersten Mai, der ihrem Verständnis zufolge und allen ihren Erfahrungen zum Trotz gänzlich verkehrten Zielen diente, ein Irrlicht allenfalls, dem sie alle hier auf der Waldlichtung des Sedanplatzes aufsaßen, und das nun schon seit einigen Jahren. Seit Menschengedenken galt er als Kampftag, als ein Tag zur Einforderung von Rechten. Statt dessen war daraus ein richtiger Mustopf geworden, in den man einrührte, was paßte und was nicht paßte, was schmeckte und nicht schmeckte. Uniformen – insonderheit braune und schwarze – gaben den Ton an. SA-Kapellen spielten Märsche: »Auf auf zum Kampf« und

»Steige hoch, du roter Adler«. Auf einer bretterverschlagenen Kleinkunstbühne führten Laien in lotterig sitzenden Soldatenkostümen den »Etappenhasen« auf, über den sie alle feixten und sich die Schenkel schlugen. Einzig das Wetter ließ Wünsche offen. Blaugraue Wolken von Fettdunst und Schmalzgebakkenem zogen flach und stickig über den Festplatz, wo neben Karussells und Schießbuden auch Konditor Johannes Woitge seine Süßkrambude aufgeschlagen hatte. Sie sollte noch Wochen danach auf der Juxwiese stehn, einsamer hölzerner Verschlag mit wasserfest imprägnierter Plane, bretterner Auslagetheke und schmaler Hintertür. Nie ist näher erörtert worden, weshalb Woitge seine Goldgrube so überfällig lange auf der Waldlichtung hatte einregnen lassen, unbewacht, lediglich mit Holzverschlägen und Knebeln abgedichtet und mit vorhängeschloßverriegeltem Türchen, durch das seine beiden Verkäuferinnen abwechselnd schlüpften, sobald das Geschäft tröpfelnd flaute und zwei der vier Hände entbehrlich. Die eine nannten wir Magda. Und in Magda, eine hübsche Weizenblonde, verkuckte sich Schmalzstulle auf Anhieb schon am späten Vormittag, lange bevor Woitges Stoßgeschäft einsetzte. Zunächst hielten wir Schmalzstulles Verrenkungen für bloße Mache. Wichtigtun wollte er sich. Denn Magda war ihm gut und gern um drei Jahre über. Doch er gebärdete sich ausdauernd feuerundflamme, er brannte lichterloh, wobei wir's nicht unterdrücken konnten, gewisse Nebenziele auszumachen in Schmalzstulles begehrlichen Blicken: daß nämlich Magda mit flinken Fingern Mutzenmandeln, Kräppeln und klebrichte Negerküsse in Spitz-

tüten zählte, so rasch und behende, daß man so quick gar nicht mithalten konnte, wir nicht und der Liebhaber schon erst recht nicht, weil dessen Augen aufs Ganze gingen. Erst als er sein sauer verdientes Taschengeld dransetzte und Magda das größte Lebkuchenherz spendierte – »Ich bin dein und du bist mein ...« –, um es ihr mit drolliger Körperverrenkung querweg über den Auslagentisch um den Hals zu hängen, fingen wir an, sein Treiben für bare Münze zu nehmen.

Magda indes wehrte sich kichernd. Sie meinte, er solle das lieber selber essen. Selber essen mache bekanntlich fett. Und ein bißchen Fett müsse er schon noch ansetzen. So wie er dastünde, könne er bestenfalls als Bohnenstange durchgehn, als Bohnenstange mit rotem Kopp und grüner Baumelschnur.

Kaum je haben wir Schmalzstulle erröten sehn. Und da mußte es ihm wohl eingefallen sein, Magda auf andere Weise zu zeigen, was in ihm stecke. Denn am Nachmittag zur angekündigten Stunde erkletterte er den Maibaum wie ein Gorilla, gebrauchte Arme und Beine gleichermaßen geschickt, um sich im krönenden Kranz die freie Auswahl zu sichern. Das Taschenmesser mit allem Drum und Dran ließ er unbeachtet. Selbst die Konfektions-Armbanduhr mit Leuchtzifferblatt machte ihm keine Lust. Wie erwartet pflückten seine Raffzähne die Zweipfünder-Zervelatwurst am roten Bändchen. Virtuos, wie er das anfing, eine reife Meisterleistung ...

Nein, er stürzte nicht ab, als er sich freihändig und vornübergebeugt ... Mann-mann-mann! Nicht mit anzusehn.

... und in diesem kniffligen Wagemoment fielen denn auch die kernigen Worte seiner Mutter:

– Hei is un blüwt'n Frätsack. Wo hei datt wull herhätt? Von mie bestimmt nich, ne, von mie hätt hei datt ganz gewiß nich, lew Fru. Un von sien Vadder ook nich. Hei frät sick noch eis üm Kopp un Kragen ...

Zu fragen ist: Besaß die Marquardt das zweite Gesicht oder war's bloß so beiseite gesprochen, weniger für fremde, mehr für die eigenen Ohren bestimmt?

Wir werden es erleben. Denn im Augenblick genoß er seinen Triumph, indem er sich wie ein Rammklotz mastabwärts gleiten ließ, die Wurst am Bandel zwischen den Zähnen.

Dicki – am Fuß des Maibaums vordringlich an exakten mathematischen, will sagen meßbaren Werten interessiert –, Dicki kommentierte Schmalzstulles Wurstbeißen mit der Stoppuhr in der Hand:

– Zehnkommaacht Sekunden rauf ... gut fünfzehn oben zum Beutemachen ... dreikommanull abwärts. Absoluter Platzrekord!

Zwei Daten, sagte ich, stünden mir im Kopf noch lange, lange danach: Der erste Oktober achtunddreißig war ein Samstag und der Sommer lange dahin, verblichen wie das Baumgrün im Barnstorfer Wald. Auf dem Sedanplatz hatte Johannes Woitge inzwischen nach mehrmaliger gewerbepolizeilicher Aufforderung seine Lecker- und Schleckerbude heimgeholt in seinen Stammsitz. Nur Otto von Bismarck kuckte wie immer starr gradeaus ins welke regenfeuchte Gras. Uns übersah er anscheinend, unser angetretenes

Fähnlein mit seinen gut und gern neunzig Bengels und Rowdies, denen Adolf Heit-ler hochfahrend abgefordert hatte, rank und schlank und zäh wie Leder zu sein und hart wie Krupps Kanonenstahl und eine Meute überhaupt von freien, grausamen Raubtieren oder sowas Ähnliches.

Und während derselbe Adolf Heit-ler stehend im Kübelwagen die sudetendeutsche Grenze bei Asch passierte und den jubelnden und blumenschmeißenden Böhmendeutschen zwischen Erz- und Fichtelgebirge sein starres »Heil Hitler!« machte mit rechtwinklig vom Körper weggespreiztem Arm, degradierte Ulli Wangerin unseren Schmalzstulle Marquardt vom Jungzugführer zum Pimpfen Arsch.

Zu dritt mußten wir vor die Front treten und ließen uns ehrlos machen. Schmalzstulle traf es am härtesten. Er hatte was zu verlieren. Und als es auch noch zu regnen anfing mit leisen nieselnden Tropfen wie stumpfe Nägel, bewies allein Dicki seinen Galgenhumor. Leise raunte er mir zu:

– Nu flennt auch noch der Himmel ...

Wir dachten dabei an bessere Zeiten, gedachten des sonnigen warmen Mittwochnachmittags im August, wo wir alle drei – als gäbe es sowas: Gedankenübertragung – kollektiv die Idee geboren hatten, in Johannes Woitges Bude einzusteigen. Über die Wochen war sie uns Kitzel und Köder. Wenngleich wir auch mit magerer Beute rechneten – warum auch sollte Woitge an so einem einsamen und nächtens geradezu verlockenden Standort Reichtümer gehortet haben –, so war doch sein kümmerlicher zeltbahngedeckter Bretterverschlag uns zweimal wöchentlich ein süßer Dorn im Auge. Bis wir an diesem Mittwochabend unserem Tatendrang freien Auslauf ließen.

Tage später stellten sich Fragen:

Wer erbrach das Vorhängeschloß?

Wer kroch als erster kopfvoran ins muffig-süßliche Dunkel?

Wer war's, der über Pappkartons gradewegs in den lose gedeckelten Marmeladeneimer fiel voll erstarrtem Zuckerguß?

Wer überhaupt fraß als erster drauflos am Tatort, ungehemmt und ohne abzuwarten?

Insgeheim behielten wir Schmalzstulle im Verdacht, den Raubzug vorgeplant zu haben. Auch war zu mutmaßen, er könnte sehr wohl mit Magda unter einer Decke gesteckt haben. Erwiesenermaßen war er der Weizenblonden mit Dutt eine Zeitlang nachgestiegen, hatte ihr auf dem stadtbekannten Bummel in der Blutstraße unweit des Neuen Marktes Zweideutigkeiten zugeworfen und ihr schließlich – mit einem Bein schon auf der Siegerstraße – bei einer Waffel Vanilleeis glaubwürdig zugesichert: Im Falle, sie hätte ihn am Ersten Mai mit einem einzigen Wörtchen dazu ermuntert..., er hätte statt der Mettwurst die Armbanduhr vom Kranz gebissen und sie ihr zum Geschenk gemacht, da kenne er gar nichts, da sei er hart wie Doktor-Oetkers-Götterspeise...

Legenden, Unwahrträume, Erfundenes und Erlogenes laufen ja immer hurtig den Toten nach; zählebiges nachträgliches Verklären ist üblich, und ausschließlich Gutes schickt man sinkenden Sternen nach, bevor sie ihr Leuchten gänzlich einstellen.

Fürs erste lagen wir in augustwarmer Nacht mit

aufgeschwollenen Bäuchen unter Maronenbäumen. Wie drei Schlaraffenländler hinterm Berg aus Brei: Futterneidisch hatten wir uns aus vollem Karton die Schokoladenwaffeln in den Mund gezählt. Waren reihum mit Zeigefingern in den zähflüssigen und nahezu erstarrten Zuckerguß gefahren, um sie kreisend zu beladen. Hatten uns die Taschen vollgeschanzt mit Waffelbruch und Studentenfutter tütenweise, mundvoll, halsvoll, bauchvoll bis zum Erbrechen, bis zum Erbrechen. Um sodann einen Schwur zu leisten bei Loki und Odin, dem einäugigen Schlitzohr: dichtzuhalten und zusammen.

Gehupft wie gesprungen, bis zuletzt blieben wir Schmalzstulle hörig, blieben läufig nach ihm auch jetzt noch, als Bannführer Wangerin ihm mit pathetischem Hauruck zuerst die grüngeflochtene Schnur abriß mitsamt Knöpfen und Schulterklappe, ihm sodann das Fahrtenmesser abforderte, um damit die wenigen Schritte zum Fürsten Bismarck auf hohem Sockel zurückzulegen, wo er die Klinge zwischen zwei Steinquadern demonstrativ entzweibrach. Uns allen dreien nahm er Schulterriemen und Halstuch ab. Nackt und ehrlos sollten wir uns fühlen und kühl am Hals, ausgestoßen auf Zeit, bis Gras darüber gewachsen.

Fraglich, ob wir's taten, ob wir so großen und bedeutenden Worten wie »Ehrverlust« und »mit Schande bedeckt« in die Falle gingen. Nach dem Wegtreten blieben wir zusammen, saßen auf den naßkalten Steinstufen der Bismarcksäule und ließen den Dauerregen in unsere offenen Hemdkragen rinnen.

– Der Himmel flennt immer noch, sagte ich.

Schmalzstulle sammelte die Hälften seiner geborstenen Messerklinge zusammen …

– Kleine Fische, sagte Dicki.

Isjanichwahr, was Dicki da verlautete. Von wegen kleine Fische. Als erster – noch lange vor Blockwart Kraaks Einflußnahme auf das weitere Geschehn – verordnete Rektor Bradfisch seinem Sohn strikte Distanz zu diesem »entarteten Schlump« Marquardt, dem er prophezeite, daß er in Bälde dort landen werde, wo sein abgeurteilter Erzeuger säße: im Kittchen. Vielleicht sogar ganz anderswo.

Dicki sagte: Jawoll, Vadder, aber … Er knallte scheinheilig die Hacken zusammen und verkrümelte sich in sein jüngst bezogenes Mansardenzimmer, wo er unter Dachschräge und durchlaufendem Balkenwerk dabei war, sich ein chemisches Labor einzurichten mit viel Stunk und Knall, mit Säurefraß in Tisch und Fußbodendielen.

Dicki hatte gut zugehört: Seines Vaters vager Ortsverweis auf ein »Anderswo« machte ihm weite Ohren. Es war ja nicht das erste Mal, daß sein Vater davon Gebrauch gemacht hatte, wenn er abends unter grünem Lampenschirm den »Anzeiger« las und freitags das »Schwarze Korps«. Mit »anderswo« mußte es seine besondere Bewandtnis haben, sagten wir uns. Denn auch Vater wechselte beim Klang dieses Wortes die Gesichtsfarbe. Wir dachten dabei an den Maulwurf in seinem Haus in der Schliemannstraße. Nach wie vor war er uns für jede Mystifikation gut.

Auf unseren Fahrten zur Schule – »Dürrkopp«

voran, »Vaterland« hinterher und manchmal auch umgekehrt – fragten wir uns lateinische Vokabeln und Konjugationen ab: Laudo, laudas, laudat... Aber unsere Gedanken wieselten zu Schmalzstulle, der sein letztes Schuljahr abriß. Wir beneideten ihn. Demnächst würde er frei sein, keine Zeugnis-, keine Versetzungsängste mehr. Ein Sturz aus vermeintlich großer Höhe bewirkte allenfalls sentimentale Echos in uns: Wie er dagestanden unter Bismarcks sturem Gradeausblick und die Bruchstücke seines Fahrtenmessers in den Händen hielt und sagte:

– Schiet an Boom is ook 'ne Bloom...

Isjanichwahr: keine Blumen. Es ging weiter bergab mit ihm. Und wenn er auch auf Bradfischs Drohungen nichts gab – er kannte ihren Wortlaut ja nicht –, Kraaks Rausschmiß traf ihn breitseits. Der nämlich zeigte sich gleich doppelt und dreifach verschaukelt, und buchstäblich über Nacht zergingen ihm alle Illusionen. Auf dem Dienstweg war ihm bedeutet worden, unverzüglich seine schützende Pranke von dem Proletenbankert abzuziehn. So sputete Kraak sich, seine Wut und seine Enttäuschung öffentlich zu machen. In Anwesenheit treuer Stammkunden, die mit Milchkannen und Eierkörbchen vorm Ladentisch standen, mundwerkte er mit hochrotem Gesicht:

– Feines Früchtchen! Der Deibel allein weiß, was dieser Laufbursche alles bei mir hat mitgehen lassen. Aber das hat man davon, wenn man sich auf sowas einläßt. 'ne feine Sippe, das...

Laudo, laudas, laudat... Wir lachten Tränen auf unseren Fahrrädern. Wir sahn Kraak in ockerfarbener Jacke hinter Käseglocken und Quarkschüsseln schwitzen, Kopierstift hinterm Ohr, und wie er höchstselber die grünschillernden Brummer wegfangen mußte, assistenz-, weil kinderlos. Auch sein Stern hatte in meinen Augen an Strahlkraft eingebüßt. Wie alles sich wandelte: Lange schon hatte ich ihm meinen Respekt vor seiner athletischen Erscheinung aufgekündigt. Und seitdem Vater ihn anläßlich seines jüngsten Bettelbesuchs zugunsten des Winterhilfswerks mild belächelt und hinterher einen Gernegroß genannt und Mutter angewidert Kraaks ins Auge fallende Trauerränder unter den Fingernägeln beanstandet hatte, war sein Kurswert ganz beachtlich gesunken.

Wir hatten gut lachen zu Fuß und zu Rad. Der bestohlene Konditormeister Johannes Woitge strengte noch im Winter achtunddreißig um die Weihnachtszeit herum Zivilklage gegen die Marquardt an, pochte auf Schadenersatz gegen den Rädelsführer. Weshalb er sich ausgerechnet an die schwächste Adresse hielt, um zu seinem Recht zu kommen, bleibt sein Geheimnis. Auch ist nie ermittelt worden, wieso Mutter und Sohn am Ende mit einem blauen Auge und einem eher symbolischen Bußgeld an die Volkswohlfahrt davonkamen. Der Makel blieb. Und die Gerüchte; die besagten nämlich, Vater und Stammtischpartner Bradfisch hätten sich in Gecellis Tuschelecke unterm Bildnis des kneipenden rotwangigen Augustinermönchs dahingehend verständigt, sich das ausgehandelte Bußgeld redlich zu teilen, halbe-halbe zu machen, um endlich selber glücklich aus dem Schneider zu kommen. Denn beide Väter hielten sich insgeheim für mitbekleckert, wenn sie's auch nicht offen zugaben. Ihren Söhnen gegenüber bestanden sie auf der Rädelsführerschaft Schmalzstulles. Vater warnte mich vor einem weiteren Umgang mit ihm und kürzte mir bis auf weiteres mein Taschengeld. So verfuhr auch Bradfisch, nur daß es Dicki entschieden härter traf. Seine Einkäufe in Wittes Chemischer Fabrik gerieten einstweilen ins Stocken. Es knallte und zischte und rauchte weniger in seiner Bude unterm Dach, sein Eifer im Giftmischen erlahmte; und um seiner Leidenschaft nicht gänzlich entsagen zu müssen, verlegte er sich wieder aufs Klauen und Mopsen. Er nannte das organisieren.

Im April dann sprach Vater erstmals von Krieg. Und er meinte nicht etwa den letzten vierjährigen, der nunmehr wenig über zwei Jahrzehnte zurücklag, nein, Vater hatte seinen Blick auf die allernächste Zukunft gerichtet. Seine Ängste besaßen Hand und Fuß. Bei großflockigem Schneeregen – Aprillaprill, der weiß nicht, wasser will! unkte er am Steuer seines Dekawe-Meisterklasse – ließ er Mutter und mich aussteigen, parkte das Auto auf freiem Feld und kreiste mit gestrecktem Arm ein, was er als seinen künftigen Bauplatz in die engere Wahl gezogen hatte:

– Sieh mal kuck, Elfriede ..., witzelte er mit skeptischem Unterton, da ungefähr, wo so umbrabraun die zahlreichen Maulwurfshügel, siehst du sie? Da ungefähr kommt dann dein Dienstboteneingang hin. Sofern die nächste Zukunft mitspielt und uns nicht etwa einen dicken Strich durch die Rechnung macht ...

– Wie du wieder redest, Heinrich, seufzte Mutter und kuschelte sich in ihre Pelzjacke.

Es war nicht der scharfe, bissige Nordwest, der ihr die Gesichtshaut rötete. Sie fand es einfach unangebracht, daß Vater ihr seine unguten Erwartungen so sarkastisch unter die Nase rieb. Mutter träumte selbst im Wachsein von der endlich heil gewordenen Welt; und mittendrin stand ihr künftiges Häuschen am westlichen Stadtrand, wo ziegelbraun und klinkerrot ein ganz neues Wohnviertel im Entstehn war mit klingenden und singenden Straßennamen: Schütz, Händel, Bach und Joseph Haydn. Folglich bestand sie nach Vaters jahrelangen Verkündigungen auf Vollzug, allen seinen neuerlichen Unkenrufen zum Trotz.

– Beten wir zu Gott, Elfriede, daß nun genug angeschafft worden ist. Glaub mir, Deutschland ist jetzt groß genug. Einmal muß Schluß sein …

– Ach, du bist ein oller Spielverderber! protestierte Mutter.

Vater stolperte ein wenig ungelenk über die Trümmer und Schollen aufgelassener Schrebergärten. Anzunehmen, daß seine Gedanken weit in den Osten schweiften, weit über Stolp und über Rügenwalder Teewurst hinaus ins ferne Memel, wo man gerade die Hakenkreuzfahne hißte und heimwollte ins Großdeutsche Reich und Heit-ler diesem Wunsche sein vollstes Verständnis bekundete, indem er Gleiches für die Stadt Danzig forderte, fürs erste nur mit klopfenden Fingerknöcheln aufs Rednerpult.

Hier draußen unter verhangenem grauem Schneehimmel sah Vater anscheinend seine Zukunft für beendet an. Er fühlte sich frei von lästigen Ohrenzeugen. Hier predigte kein Bradfisch, bettelte und argwöhnte kein stellvertretender Ortsgruppenleiter

Kraak mit schwarzunterränderten Fingernägeln, hier durfte Vater einmal gefahrlos denken und unken und seine eingegatterten Ängste offen herausmurmeln hinter hochgeschlagenem Mantelkragen.

Eine knappe Woche drauf begann man in der Turnhalle der Borwin-Schule mit dem Austeilen der Volksgasmasken. Ein ämterüberhäufter Kraak stampfte gewichtig herum, einen Hauch von Molke und Allgäuer Käse in den Kleidern. Zum Luftschutzbeauftragten bestellt, ließ er das Auf- und Absetzen der Gasmasken proben, trieb zur Eile an, den Ernstfall im Auge. Wir saßen grätschlings auf Barren und Pferd und fanden die drolligen Vermummungen der Erwachsenen zu Monstern und Insektenköppen eher erheiternd. Und während Kraak von Lost und aasigem Gelbkreuz sprach und von wehenden Giftgasschleiern, wie sie der Westwind von Barnstorf herüberblies, den Sport-Palast bereits eingenebelt, und in diesem Moment auf den Bahnhof Parkstraße zutrieb – so seine angenommene Gefechtslage –, vermochte er uns wenig Schrecken einzujagen vor solch kriegerischer Zukunft. Überhaupt war Zukunft keine reale Denkinstanz für uns. Zukunft existierte bestenfalls in der Lateinischen Formenlehre, mit der uns Dr. Griesebach zwiebelte. Und ausgerechnet der stand vorn im ersten Glied der Maskierten und versuchte zu mogeln, indem er den Schraubverschluß seines Atemfilters verstohlen lockerte, sobald Kraak wegkuckte und großkotzig Feldherr spielte.

Aufrecht gehn und schwindeln. Ich dachte daran,

wie uns Studienrat Dr. Griesebach beim Benutzen von Spickzetteln ertappte und augenblicklich zur Bestrafung schritt, indem er sadistisch langsam seine Zensurenkladde aus der Jackentasche zog, sie müde aufblätterte und seinem spuckebenetzten Zeigefinger befahl, Anschleichen zu spielen ans Alphabet unserer Namen, Folterpausen einlegte vor und zurück, bis der Delinquent sich endlich gespießt und genagelt sah. Aufrecht stand er da und fummelte an seinem Atemfilter, ohne unter seiner Maske schuldbewußt zu erröten.

Griesebach, mieser Tach ..., nannten wir fortan jene Wochentage, an denen uns der Stundenplan seine Latein- und Geschichtslektionen bescherte. Noch nicht einmal drei Jahre später war er tot, gefallen vor Kaluga irgendwo in Rußland als Leutnant eines Infanterieregiments. Den Gallischen Krieg von Julius Cäsar ochsten wir unter seinen Argusblicken; und eingedenk seiner herausragenden Leistungen in der Borwin-Turnhalle schoben Dicki und ich uns mit seltenem Freimut und entlastetem Gewissen erfolgreich die Zettel zu oder blätterten in Schulmanns Miniwörterbuch. Wenn das die Inhalte von Zukunft waren, von Futurum eins und Futurum zwei, lebten wir damals in schwärzester Blindheit. Auch gewahrten wir an jenem Frühlingstag in der Turnhalle unseren Maulwurf nicht, suchten vergeblich sein welkes Knittergesicht hinter Maske und Schnorchel. Trotz schriftlicher Aufforderung war er einfach nicht erschienen. Gemäß Kraaks angenommener Feindlage müßte er in seiner protzigen Villa längst den Gelbkreuzschwaden aus dem Barnstorfer Wald erlegen sein; das erschien uns logisch und durchaus in Ordnung. Aber er lebte, strafte alle Kriegsspiele Lügen, hauste irgendwo in seinen unterirdischen Gängen und Kavernen. Und sein Schornstein rauchte. Glaubhaft versicherte die Marquardt meiner Mutter, daß er allem Anschein nach dazu übergegangen sei, seine Bücher zu verbrennen und die staubigen Konvolute seiner einstigen Vorlesungen.

– Hei rümt up. Un nachts in'n Dustern löppt hei dörch'n Goorden, as wier hei mondsüchtig ...

Meine Erinnerung sagte: Manchmal noch, aber ganz, ganz selten sahn wir ihn. Zum Beispiel wenn er am frühen Nachmittag sein Haus verließ. Wir mußten schon vom Nachsitzen kommen, die nahezu aufgezehrte Eiswaffel aus der italienischen Eisdiele unterm Kröpeliner Tor in der Hand. Da hatten wir Glück und sahn ihn vorüberhumpeln, wenn er sich in die Universitätsbibliothek begab. Die Straßenbahn mied er. Immer ging er zu Fuß. Seinen abgemagerten Körper umschloß immer derselbe abgetragene Anzug aus grauem Kammgarn. Gelegentlich schlechten Wetters trug er einen mausgrauen verbogenen Filzhut, längst aus der Mode, das olle Ding. Auch kam es vor, daß er seinen verschossenen Überzieher anhatte, den er schon zu Weihnachten zweiunddreißig anhatte, als er sich Mutters Karpfenschuppe andrehn ließ beim Abschied in der Garderobendiele unserer Wohnung, Unglauben an die Wunderkraft von Mutters Hokuspokus im Blick. Aber er sagte mit seiner befremdlich hellen Tenorstimme:

– Danke verbindlichst, gnädige Frau.

Ob er sie noch besaß, die Schuppe, meine ich? Ich bezweifelte es. Glück war ihm schwerlich zugefallen in all den verflossenen Jahren, seitdem er sich so feige und schmachvoll ausgesondert hatte auf dem nächtlichen Vögenteich-Platz. Das stand für mich fest, als ich ihn an einem Sommertag aus der Bibliothek zurückkehren sah und er zu uns in den Dekawe stieg. Ich hielt den Atem an, als wir ihn auf dem Friedhofsweg einholten und Vater langsam rechts heranfuhr an den Rinnstein und stoppte. Ich entsinne mich, wie sehr es mich verletzte, daß Vater mich barsch aufforderte, den Beifahrersitz zu räumen, damit der Hinketeufel sich zu ihm nach vorn setzen konnte. Er roch nach Mottenpulver und Bücherstaub. Und ich bildete mir ein, auch nach Brand und Asche. Uralt war er geworden. Ein welker, gelbhäutiger Greis mit Tränensäckchen unter den Augen und gebräunten Zähnen von den unzähligen Virginiazigaretten, die er jahraus, jahrein gequalmt hatte. Deshalb ging wohl auch sein Atem so rasselnd, als er seinen halbaufgezehrten Glimmstengel in den Rinnstein warf und sich in unser Auto zwängte. Beim Fassen nach dem Türgriff entdeckte ich seine bräunlichen Fingerspitzen mit horngelben Nägeln. Weshalb starb er nicht und befreite uns vom Anblick seiner Gegenwart, die mir wie eine immerwährende Anklage vorkommen wollte gegen alles, was um uns herum geschah? Vater fuhr wieder an, querte den Saarplatz und lenkte in die Parkstraße hinein, vorbei an der Gewerbeschule. Dem Alten zuliebe wählte er einen Umweg. Gewöhnlich nahm Vater Kurs auf die Hundertmännerbrücke, auf deren asphaltierter Mitte wir oft Rollschuh liefen ...

Heute erscheint mir, was geschah, wie in eine unendliche und unverständliche Ferne gerückt: Birckenstedts abgezehrte Gestalt, seine bedrückende Gegenwart wie zu einem Salzstock erstarrt und meinen Willenseinflüssen selbst in der Sphäre der Erinnerung entzogen auf immerdar. Ich weiß nur dies eine: Ich fühlte weder Scham noch Spuren von Schuld. Birkenstedt sprach nicht viel. Auch Vater tüderte wenig. Es schien eine unerklärliche Übereinstimmung zwischen ihnen zu herrschen, die keines Wortabtauschs bedurfte. Beleidigend war's, was Vater da trieb. Er verstieß ganz einfach gegen eine mir natürlich vorkommende Ordnung, die Teil unseres Lebens war und die uns lenkte bis in die tiefsten Schichten unseres Wesens. Vater übertrat da eine Grenzscheide, die gut und böse, Freund und Feind trennte. Was galt da unser gemeinschaftlicher Einbruch bei Woitge? Was die öffentliche Hinrichtung unserer Ehre? Eine Lappalie, sonst nichts. Ich weiß, daß ich in diesen Minuten hinten im Polster von Vaters blubberndem Dekawe ratlos war und verwirrt; und ich dürstete nach Gewalt. Ich sah Birckenstedt wieder vor mir, wie er im Wahllokal in der Gewerbeschule mit NEIN abstimmte. Und der tiefere Sinn meiner Beobachtung mit allen ihren Gefühlsturbulenzen schien mir jetzt erst richtig aufzugehn. Der schlohweiße alte, widerspenstige Knacker vor mir auf dem Beifahrersitz stand in Wahrheit außerhalb unserer verschworenen Gemeinschaft, der wir allesamt angehörten, alle, ob sie mir nun persönlich sympathisch waren oder nicht:

der strenge Bradfisch, der kraftprotzende Kraak, die eigenen Eltern und die schummelnden Pauker in unserer Penne bei den Sieben Linden, die Uniformen, die Fahnenwälder und natürlich nebenan der Führer Adolf Heit-ler im dreiachsigen Mercedes-Benz-Kübel mit vorgestrecktem segnendem Arm …

Tage später eine Tür. Unsere Wohnungstür, an der am Morgen kurz vor halb acht zwei Männer standen. Vom Wohnzimmerfenster aus hatte ich sie aussteigen sehn aus ihrem Wanderer-Kabrio. Ich war auf dem Sprung in die Schule. Sie zeigten mir etwas vor, das in ihren Handflächen ruhte und blitzte. Eine Plakette, ein Geldstück. Alles ging so schnell. Dremmelnd wechselte ich in der Diele vorm Klosett Stand- und Spielbein, weil ein kleines Geschäft mir zusetzte und Vater wie immer ausdauernd die Badestube besetzt hielt, um sich übertrieben lange zu rasieren.

Mutter maulte aus der Küche:

– Nu laß doch auch mal den Jungen … du weißt doch, daß das ungesund …

Vater witzelte unterm Seifenschaum:

– 'ne Sextanerblase hat er ja nun nicht mehr, unser Kronensohn. Da soll er mal geduldig sein in Trübsal.

Er hielt große Stücke auf lateinische Benamsungen nach wie vor, bevorzugte in meinem Fall allzugern Sexta und Quinta und Quarta. Auf dem Grund seines Herzens päppelte er den Wunsch, mich bei erstbester Gelegenheit mit einer Klassenmütze auf dem Kopf neben seinem Dekawe-Meisterklasse aufs Zelluloid zu bannen, im Hintergrund das frisch ausgefahnte Grundstück. Ich fand's affig. Und überdies waren Klassenmützen lange schon verboten. Einem Konfektionshändler in der Großen Wasserstraße hatten sie wegen Übertretens dieses Verbots kürzlich erst sein Geschäft geschlossen. Ich fand das ziemlich beschissen, zugegeben.

Als ich jetzt unter drückender Notdurft den beiden Männern die Tür öffnete zu einem Spalt, hielt ich sie anfangs für zwei Von-Tür-zu-Tür-Vertreter, für Leute von Vaters übelbeleumdeter Konkurrenz, die er – seinen eigenen Bekundungen nach – nie hat abkönnen, weil sie sein Gewerbe heillos in Verruf brächten. Wegwerfend sprach er über ihre Methoden des Fuß-in-die-Türspalte-Klemmens. Auf solch unredliche Touren reisten seiner Meinung nach nur Schubiaks und Schlarbenpüster und hofften auf unseriöse Vertragsabschlüsse. Schäbiges Volk, diese Herren Klinkenputzer! pflegte er zu sagen, besonders seitdem er auf seinen Geschäftsbriefen den Ausdruck »Generalvertretungen« hatte setzen lassen gleich unterhalb seines Namens und seiner vollen Anschrift mit Telefonnummer. Mächtig stolz war er auf seine neuen Kuverts und Briefbögen aus holzfreiem, mattbläulichem Papier. Mutter fand sie übertrieben splendid, fast ein bißchen großspurig, Heinrich, die Leute müssen sich ja wunder was denken ...

– Nun mal ab mit dir! kommandierten die beiden Männer. Und hol uns endlich deinen Vater. Dallidalli!

– Jawohl, sagte ich, beeindruckt von ihrem autoritären Tonfall.

Ich versuchte es zu machen, wie's Mutter immer tat, sobald Hausierer, Schnurranten und ganz früher auch Zigeuner ihr Begehr vortrugen: Töpfe löten, Kessel flicken, 'ner Geige ein paar tränende, schluchzende Töne entlocken... Ich zog die Wohnungstür sachte ran bis auf einen schmalen Spalt, um sie im Bedarfsfall eilig ins Schloß zu ziehn. My home is my castle.

Aber da schob tatsächlich einer der beiden seinen Fuß zwischen Schwelle und Tür:

– Dallidalli, haben wir gesagt, Harry!

Ich hieß nicht Harry. Und Vater hieß auch nicht Harry. Er trat gerade rechtzeitig aus der Badestube, neugierig, das Handtuch in der Hand, um sich die Schaumreste von Mund und Nase zu fegen. Er überblickte anscheinend sofort die Situation:

– Treten Sie näher, meine Herren, sagte er und ging voran in unser Wohnzimmer.

Das Ohr an die Wand gepreßt, hörte ich sie über Birckenstedt sprechen. Ob Vater etwa noch immer freundschaftlichen Verkehr mit ihm unterhalte, womöglich gemeinsam mit ihm Weihnachtskarpfen speise oder in einem gewissen Weinrestaurant, auch mal im Auto längere Gespräche führe, vertrauliche, versteht sich, konspirative...

– Nein..., hörte ich Vater erwidern. Nein, nie mehr. Überhaupt, wie kommen Sie darauf, meine Herren? Ist der Professor nicht bereits tot?

Ich vernahm Gelächter. Wenig fröhliches Gelächter. Mit suggestiver Gewalt dachte ich an Dickis Vater und an dessen geheimnisvolle Reiseziele, dachte an »anderswo«, an »anderswohin« und so. Ohne

Zwang knüpften sich mir Fäden im Kopf zusammen: die Totsagung unseres Maulwurfs durch Vater; und daß man ihn womöglich nach »anderswohin« befohlen haben könnte und Vater etwa inzwischen Kunde davon besäße.

Vater indessen – so sickerte es mir durch die Trennwand zu –, Vater stellte sich ganz schön dumm und dösig. Ich wurde wütend über seine Lügen. Weshalb stellte er sich schützend vor so einen unterirdisch hausenden Schädling? Hatte er ihn nicht erst unlängst von der Straße aufgesammelt und ihn vor seinem Haus in der Schliemannstraße abgesetzt mit freundlichem Händedruck und »alles Gute, Herr Professor!«?

In der großen Schulpause zog ich Dicki beiseite, löcherte ihn, suchte sein verborgenes Wissen anzuzapfen, um endlich klarzusehn:

Wo lag denn nun dieses Niemandsland, das sie »anderswo« nannten? Und allen schon der Gedanke daran Schüttelfrost verursachte und erbleichende Gesichter. Und nie blieb diese geheimnisumwitterte Geografie auf längere Dauer Gesprächsgegenstand, geschwind wechselte man das Thema.

Dicki klärte mich lückenhaft auf, reichte widerstrebend weiter, was er seinem Vater abgeluchst hatte: So hörte ich erstmals den Namen Dachau. Nicht daß er mich sonderlich beeindruckt hätte. Ein Ort unten im Bayrischen, ein Spinnwebfaden Erinnerung an Zigarettenbilder tauchte auf: Da standen auf der Ladefläche eines bullschnauzigen Lastautos eine Handvoll SA-Männer, eine Hakenkreuzfahne schwenkend und eine Reichskriegsflagge aus Kaiserszeiten, ein weißes Transparent mit schwarzen Frakturbuchstaben mittels Schnüren an die Ladeklappe gebunden: Dachau. Ausgestreckte Arme reckten sich den Uniformierten entgegen, Frauen im Dirndl, Männer in Lederhosen, Gewehre, ein Tschako …

Das war, als wir Bilderschecks sammelten und sie nach Hamburg-Bahrenfeld einschickten, der Bilder begierig, die wir nach der Rücksendung gegen eigenes Porto in unsere Alben klebten. Darüber waren wir inzwischen hinaus, als wir jetzt im toten Blickwinkel des aufsichtführenden Dr. Griesebach das Schultor passierten und in Richtung auf den Güterbahnhof entwichen und Dicki seinen Vater parodierte:

– Ab ins Konzertlager! Mit Musik geht alles besser!

Dicki zeigte sich in Hochform. Wie er die baßbetonte Wortmelodie seines Alten so gut traf, daß ich mich erinnert fühlte an »Nooo, wie gee-heet's …« mit Strich übers Haar und der krönenden Kopfnuß.

Wir grinsten und stellten uns unseren Maulwurf vor, wie er unter den Klängen von »O Deutschland hoch in Ehren …« und »Deutschland, Deutschland über alles …« Drainagegräben aushob oder zentnerschwere Feldsteine zerkloppte und die Bruchstücke auf einen Schubkarren lud und abtransportierte, unter Bewachung, versteht sich.

Der Rest von Dickis Vorstellung ging unter, versank im Orgelschwall dreier im Steigflug über uns wegziehender Heinkelbomber aus Marienehe. Ihre Flügelschatten hüpften im heißen Sonnenglast über die Geleise und Gebäude des Güterbahnhofs, wo sie jenseits des Bahngeländes in die Häuserfront der Großen Bleicherstraße einschlugen und dächerwärts entglitten.

Was uns so empfänglich, so anfällig machte für den Lauf der Ereignisse und weshalb alle unsere Fragen sich richtungslos verliefen: daß es nur diese eine Wirklichkeit gab, für uns nur diese eine, Dicki. Neues, geistig Anspielbares bot sich uns nicht an. Eine Welt des eingeschränkten Gesichtsfelds. Weder von rechts noch von links führten uns Aus- und Abwege in Versuchung.

– Doch, Hansjürgen, aber ja: die Jazzmusik, die langen Protesthaare, mit Pomade auf Hochglanz gebracht. Als wir Stenze wurden, Freiwild für den Hajott-Streifendienst. Halbseiden nannten die uns und kürzten uns gewaltsam die Tolle; zwei hielten fest, ein Dritter cutterte ...

– Das war später, viel später, Dicki. Da war längst Krieg.

– Und weißt du noch, was mit Schmalzstulle war? Lief der nicht seit Ostern neununddreißig seine eigenen Wege?

– Ja, der lernte Bäcker bei Röwer in der Margarethenstraße.

Wer zeitig aus den Federn stieg, konnte ihn durch die Straßen rund um die Heiliggeistkirche radeln sehn mit einem Korb krossen Weißgebäcks vorn auf dem Gepäckträger. Nur die Branche hatte er gewechselt. An die Stelle der frischen Flaschenmilch, die er zeitweilig für Kraaks Rechnung vor die Haustüren stellte, zählte er jetzt den Röwer-Kunden Brötchen, Wecken und Knüppel in die bereitgehängten Leinensäckchen an Klinken und Knäufe. War ja nix geworden aus Blockwart Kraaks hochfliegenden Plänen, seinen Schützling doch noch auf eine Napola zu lokken und gleichzeitig dem einsitzenden Volksverderber Marquardt das weltanschauliche Schnippchen zu schlagen. Dieses Ei war kaputt; die Vorsehung, die er so gern im Munde führte, hatte nicht mitgespielt. Dabei war es ihm ernst damit gewesen. Im Kern – so Kraak beim Kegeln im Sport-Palast – habe es sich bei dem Jungen um wirklich erstklassiges Menschenmaterial gehandelt, versaut natürlich, angedorben in der lausigen Systemzeit; unter rechtzeitig betriebener Nachhilfe wäre aus dem Bengel fraglos was geworden. Heil und Siech und alle neune!

Wem früh die Augen aufgingen, der sah's: In Pepitahose und mehlbestäubten Halbschuhen, die beim Pedaltreten seine unbestrumpften Waden leuchten ließen, drehte Schmalzstulle seinen Törn, ein fleißiger Rotschopf mit anbrechender Zukunft im Auge: Bald würde er in der Backstube stehn und Weiß- und Sauerteig kneten zu langen und runden Laibern und rein damit in den Steinofen. Röwers Bauernbrot fand stadtweiten Zulauf. Bereits gegen halb fünf war Schmalzstulle zugange. Und Bäckermeister Röwer vertraute dem altdeutschen Sprichwort: daß man einem dreschenden Ochsen das Naschmaul nicht gänzlich zubinden dürfe, wolle man gut mit ihm fahren; mit den Wochen sei selbst der Bedarf eines verfressenen Lehrbengels am Verzehr von Streuselschnecken und Plundertaschen gedeckt.

Was sich abzeichnete: das Ende einer langen, quälenden Kinderkrankheit. Schmalzstulle machte sich los von der Willkür seines knurrenden Magens. Und sein Lehrherr meinte:

– Nun wird's ernst, Freundchen. Nun fängt das Leben richtig an.

Vom goldenen Boden des Handwerks sprach er und demonstrierte, wie unterm Spiel seiner Hände Cremeschnitten wuchsen und Kokosberge. Lerneifer und ehrliches Bemühn stellte er obenan. Den Namen seines Innungskollegen Woitge ließ er taktvollerweise ungenannt; ein schräger Aufwärtsblick genügte.

Schmalzstulle bemühte sich, er zeigte Eifer. Und folglich verloren wir ihn mehr und mehr aus den Augen. In die Linien-Hajott überstellt, trottete er widerwillig und in abenteuerliches Halbzivil gekleidet mit in der durchgängig braunen Kolonne. Häufig fehlte er ganz, erschwindelte sich mit beruflicher Inanspruchnahme dienstfrei. Bisweilen, so hörten wir, begleitete er seine Mutter an Wochenenden nach Bützow-Dreibergen, wo sein Vater sein letztes Haftjahr absaß. Röwer soll das nicht sonderlich gern gesehn und unter Stirnrunzeln gemeint haben, auf Dauer könne sowas – verdammt nicht noch eins! – geschäftsschädigend sein. Doch ließ er ihn einstweilen reisen.

Meine Erinnerung sagt: An einem der letzten Augusttage entdeckten wir ihn am Badestrand von Warnemünde, wo er unverdrossen Magda nachstellte und wiederum Gelächter einsteckte, untermischt von Vorbehalten:

– Da isser ja, unser Bäckerbursche! kicherten Magda und ihre ranke Freundin Arm in Arm auf der Promenade unweit Hübners Strandhotels.

Föhniger Wind steifte die Fahnen und Wimpel seewärts und trug uns ihr Gedalber zu bis in unsere Strandburg. Ich wollte ihn herbeirufen, doch Dicki – bewaffnet mit dem Zeiss-Glas seines Vaters – winkte desinteressiert ab. Er hatte Gewichtigeres im Okular. Er folgte dem Schiffsverkehr weit draußen im Schönwetterdunst am Horizont. Drei Kriegsschiffe liefen in Kiellinie mit Ostkurs scheinbar bewegungslos vorbei. Typenkundig und geschult an »Weyer's Flottenkalender« meinte er nach flüchtigem Überlegen:

– Drei Daumensprünge links vom Leuchtturm die »Schleswig-Holstein« mit schlapper weißer Bugwelle. Lausig alter Schlitten, fünfzehn Knoten mit Hängen und Asten. Aber prima Artillerie. Zweimal zwei Achtundzwanziger auf Zwillingstürmen. Da bleibt kein Auge trocken, wenn die mal ... Wetten, daß sie's ist?

Wir lagen im heißen Sand und knabberten kandierte Walnußhälften am Stiel. Der Zucker knackte und haftete zwischen den Zähnen. Dicki nuschelte kauend was von zwei Torpedobooten der »Iltis-Klasse«, die den alten Kasten aus der Weltkriegszeit vorn und achtern begleiteten, so als sei Gefahr im Verzuge.

– Wohin die wohl steuern? Wetten, daß sie nach Swinemünde ...?

Wetten, daß. Eine Manie hatte uns neuerdings befallen, über alles und jedes großfressig Wetten abzuschließen. Wir wetteten um Groschen, Fuffziger und

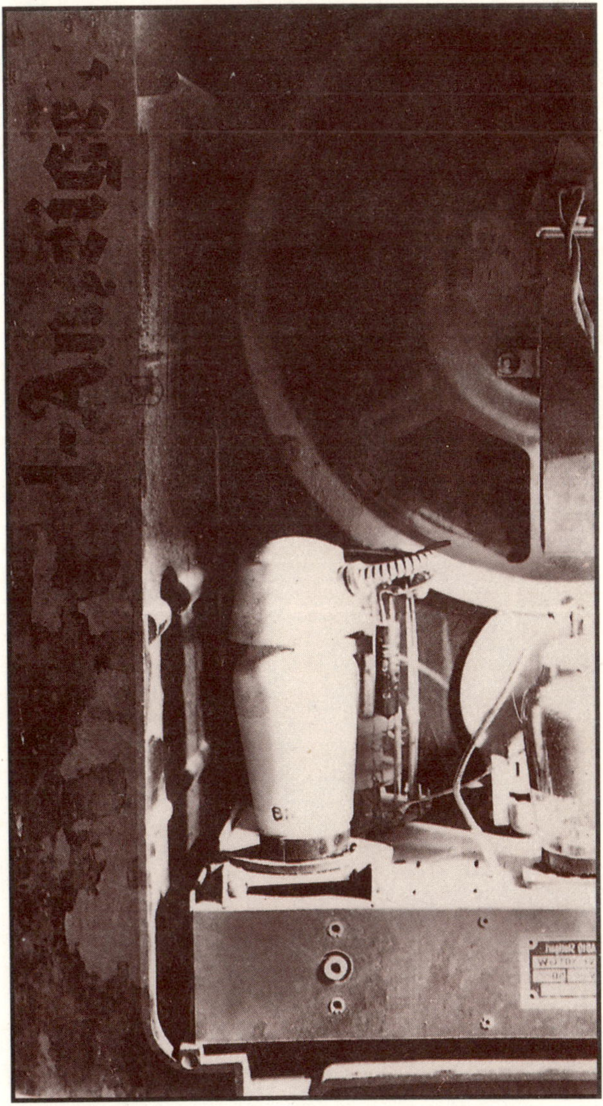

Reichsmarkstücke. Der Gewinn wurde im Handumdrehn versilbert zu bleigegossenen Schiffsmodellen im ersten Stock von Leopolds Universitätsbuchhandlung: zu Schlachtschiffen, zu Kreuzern und Torpedobooten aller Klassen. Schon bald stellten wir erste Kampfberührungen her auf dem ausziehbaren Eßtisch, an dem Vater das sonntägliche Roastbeef in hauchdünne Scheiben geschnitten, die Mastente tranchiert und Mutter seine Fettspritzer und Saucenkleckse bemängelt hatte. Spielten historische Seeschlachten durch: Tsuschima, Doggerbank, Skagerrak. Dicki testete erste chemische Erfahrungen, fabrizierte künstlichen Nebel, wagte sich an zahme Knalleffekte. Es stank und qualmte unsäglich.

Wir lebten in einem zeitlosen Rausch, der weder Vergangenheit noch Zukunft kannte, einzig die Gegenwart nahm von uns Besitz: der Krieg, von dem Vater behauptete, er stünde unmittelbar vor der Tür. Eigentlich begann er damit, daß Dicki sich gründlich verschätzt und leichthin eine ganze Mark verwettet hatte, die ich eine Woche drauf gegen ein U-Boot vom Typ »I« einwechselte oben bei Leopold: Denn nicht nach Swinemünde lief der graue Schiffsverband, den wir – Magdas Gedalber im Rücken – gesichtet hatten, sondern entschieden weiter öööstlich.

Als ob Vater es geahnt hätte in eben diesen letzten Augusttagen:

... als er eine Zustellungsurkunde der Deutschen Reichspost öffnete und den Beschlagnahmebescheid seines Dekawe-Meisterklasse gegenzeichnete,

... als Mutter gegen Mittag die Lebensmittelkarten und die Bezugsscheine abholte vom Wirtschaftsamt.

… als die »Schleswig-Holstein« an Swinemünde und Kolberg, an Hela und Gdingen und Zoppot vorbei in die Danziger Bucht einlief, vis-à-vis der Westernplatte festmachte und sich schlafend stellte,

… und als Schmalzstulle Bauklötzer staunte und »dascha gediegen, ischa das …« sagte angesichts der Postzusteller, die so nachtschlafen früh am Morgen mit aufgeschwollenen Packtaschen von Haus zu Haus wetzten; wo er doch hätte schwören mögen, der allererste zu sein allmorgendlich auf der Margarethenstraße mit seinem Lieferrad.

An eben einem solchen Tag im August sagte Vater:

– So war das immer im Laufe der Geschichte, mein Sohn. Erst muß die Ernte in die Scheuer; dann kann's losgehn mit Ballern. Es ist soweit: Alea iacta est!

Heute würde ich wetten, er habe es ironisch gemeint, als er die Flucht antrat ins altsprachige Orakel. Damals, ja was dachte ich damals, unbefleckt von Ironie, weil die zuallerletzt der Stunde angemessen schien? Dachte ich überhaupt?

Meine Erinnerung sagt wahr: Den Kriegsausbruch tags drauf quittierte ich mit einem lauten inneren Jubel, was sagen will: Ich hörte mich jubeln; Vater hörte Radio. Während Heit-ler im Berliner Reichstag kathedertrommelnd und stimmgewaltig zurückschoß auf ganz Polen, saß er käsebleich und übernächtigt am Frühstückstisch und folgte den Rundfunk-Attacken. Meine schwer deutbaren Zwischenrufe donnerte er mit einem erregten »Willst du wohl endlich das Maul halten, du Idi!« nieder. Angewidert schob er sein Fünfminutenei beiseite und begnügte sich mit hektischen Schlucken aus der Kaffeetasse.

Mutter beschwerte sich über seine ungewohnt drastische Ausdrucksweise, die sie »ganz schön unbeherrscht« nannte. Mir konnte sie nichts vormachen. Ich merkte sofort, daß sie sich über Vater ärgerte, weil er das frische Ei so mißfällig behandelte. Vielleicht weilten ihre Gedanken auch im legendären Kohlrübenwinter neunzehnhundertsiebzehn, der ihr zeitlebens Richtmaß für Krieg und Frieden gewesen. Und nun sowas: am ersten Tag eines neuen Krieges, und Vater schob sein so liebevoll zubereitetes Frühstücksei acht- und appetitlos von sich. Das ging über ihren Verstand.

Vater wechselte den Stuhl, kroch regelrecht in den Lautsprecher seines Blaupunkt-Dreikreisers hinein. Schrecken zeichnete sein Gesicht. Er rauchte und machte mir ein Zeichen, ihm die Kaffeetasse nachzutragen an den Radiotisch. Dann sagte er:

– Na, dann gute Nacht, Minna.

Sein Verhalten gab mir Rätsel auf. Ich verstand ihn nicht an diesem Septembermorgen. Bilderfolgen zogen durch meinen Kopf. Gräßliche Bilder, wie ich sie in den vergangenen Tagen und Wochen im »Anzeiger« und in der »Berliner Illustrierten« betrachtet hatte. Da lagen reihenweise verstümmelte Leichen herum in der Tucheler Heide nahe Brombergs. Ich wußte gar nicht, daß es eine Tucheler Heide gab. Ich kannte nur die Lüneburger und die Rostocker. Und vom Wüten polnischer Bestien wurde gesprochen, vom Opfergang der Volksdeutschen, für die wir Jahre zurück in der Schule Geld gesammelt hatten. Auch dachte ich jetzt an einen Film, den man uns in der Aula gezeigt hatte: da lagen ähnlich zugerichtete Leichen herum vor spanischen Kirchen und Klosterhöfen; rote Bestien hatten sie hinterlassen. Immer waren es Bestien und Untermenschen, die unsere tief beunruhigte Fantasie bevölkerten …

Und nun das: Vater wies sein Morgenei zurück, als sei ihm der erlösende Kriegsausbruch wie ein Faustschlag in die Magengrube gefahren. Oder aß er's nur nicht, weil ihm sein Auto entschädigungslos weggenommen worden war?

Am Abend besuchte uns Bradfisch. Er trug Uniform. Lange hatte ich Dickis Vater nicht mehr in Uniform gesehn. Er trat entsprechend forsch und siegessicher auf. Ebenso forsch näselte er sein:

– Nooo, wie gee-heet's, Heinrich?

Mich beachtete er gar nicht. Dann rauchten sie miteinander eine »Sultan«. Bradfisch sprach von seinem Gestellungsbefehl, den er in der Tasche trage. Und daß er's den Polacken persönlich zeigen werde, wo's auf der Landkarte langgehe, in gar keinem Fall westwärts in Richtung auf die Reichshauptstadt. Der Führer habe mal wieder recht behalten. Wahrlich, das Maß sei nunmehr ein volles …

Ich fand, daß er Heit-ler wenig überzeugend nachahmte. Auch stieg ihm eine nie gekannte Röte zu Kopf. Sie schien Vater zur Vorsicht zu mahnen. Kleinlaut erwiderte er:

– Ja, ja, der Führer wird's schon wissen …

Das war mir neu. Niemals vorher hatte ich ihn vom »Führer« sprechen hören. Immer hatte er sich mit »Heit-ler« begnügt. Manchmal war es ihm im Scherz eingefallen, zu Heit-ler »Adolf« zu sagen. An diesem Septemberabend – so fand ich – schien er die Hose stramm voll zu haben. Es war kläglich, ihm zuzusehn, wie er sich vor Bradfisch klein machte. Und als müsse er bei sich selber um Pardon und Versöhnung einkommen, schickte er mich in den Vorratskeller, eine Flasche Kognak raufzuholen. Es überraschte mich, daß er zu harten Sachen griff. Harte Sachen, so hörte ich ihn mitunter sagen, harte Sachen seien nicht sein Fall.

Im Keller zwischen Mutters Eingewecktem, zwischen gestapelten Warenproben, Hautcremes, Abführmitteln und Badesalzen, geschah's, daß mir Zeit erstmals zur faßlichen Dimension geriet. Ich stieß auf Haufen alter Zeitungen, blätterte und las mich fest. Und unerwartet fielen mir die Meldungen und Berichte über Birckenstedts öffentlich angefeindete Abtrittsvorlesung in die Hand. Es war wie eine erste fühlbare Berührung mit dem Zeitintervall Vergangenheit. Gelebtes Leben trug mich und forderte mich auf, zu urteilen. Nur einen flüchtigen Moment hielt das an. Die beiden Männer oben in der Wohnung ließ ich seelenruhig auf den Schnaps warten und den Frontberichten lauschen. Ich las mir, dachte mir, kombinierte mir einen Faden Erkenntnis zusammen: Cato, der seinen ersehnten Krieg endlich bekommen hatte, Cato, ein dremmelnder blasensiecher Greis, den piekender Urinstau zur Ungeduld antrieb; und auf einmal sah ich sie alle, die alt und grau gewordenen Feldherrn, auf landschaftsbeherrschenden Hügeln stehn und dremmeln und juckeln und nach Schlachten gieren, damit einsetzender Kampfeslärm sie endlich erlöse von ihren körperlichen Gebrechen und Gebresten ...

Vater riß mich aus meinen Träumereien. Wütend war er und leichengehl von den Beanspruchungen dieses Tages, der in meine Erinnerung eingegangen ist als der erste Tag des Krieges.

... als er siegreich beendet schien und Bradfisch als Oberleutnant der Reserve Feldpostbriefe aus dem zerbombten Warschau schrieb und Dicki sich den Jux leistete, seines Vaters Redeströme in Auszügen zu zitieren, stellten wir auf dem Eßtisch im häuslichen Wohnzimmer den Kampf um die Westernplatte in Danzig-Neufahrwasser plangetreu nach. Wetten über den Ausgang galten nicht. Der war ja in allen Zeitungen nachzulesen. Demgegenüber hielten wir es für opportun, Parallelen zu ziehn zu Odysseus; denn offenkundig war es dem verschlagenen Schlitzohr zweifellos gelungen, Danzig im Handstreich zu nehmen wie Troja einst in grauer Vorzeit. Wir hielten es für ausgemacht, daß die »Schleswig-Holstein« sowas wie das trojanische Pferd gewesen sein müßte, dem sich nach scheinbar friedlichem Schlaf punkt fünf Uhr der Bauch öffnete, um unterm Feuerschutz von vier Achtundzwanzigern die Stoßtrupps rauszulassen.

– Wetten, daß da kein Auge trocken blieb ...? rief Dicki und bewarf mich als den ausgelosten Verteidiger der Westernplatte guten Gewissens mit hausgemachten Knallerbsen.

Er traf nicht nur die Hafenpiers aus Mutters Wäscheklammern; eine Erbse erwischte mich am Hinterkopf, glöste mir ein kreisrundes Brandloch in den Haarbewuchs, schlug glatt durch bis auf die Kopfhaut und tat noch wochenlang weh.

Dicki triumphierte: Kopfschuß. Erledigt!

Daraufhin erlahmte unser Interesse wider Erwarten schnell. Als längerlebig hingegen erwies sich Mutters Empörung über das Zerstörungswerk, das wir angerichtet hatten: brandige Rußflecke auf der Streublumentapete; eins von Dickis Wurfgeschossen hatte versehentlich die Kredenz und dabei Mutters Lieblingssammeltasse zertrümmert, ausgerechnet die goldgeränderte mit den Pagoden und Kirschblüten drauf. Mutter wütete:

– Ein Brite isser, dein Freund. Was soll bloß werden, wenn sein Vater noch lange draußen im Felde steht ...

Brite, das war eins ihrer wiedererwachten Schimpfwörter. Dicki ein Brite.

Vater ließ durchblicken, sie habe es womöglich aus ihrer frühen Jugend herübergerettet. Ähnlich wie »perfides Albion« haftete ihm etwas Kaiserlich-Deutsches an. Brite, das rieche geradezu nach uneingestandener Bewunderung und unüberwindlicher Abneigung zugleich, meinte Vater, als er sich am Abend Mutters Klagen über unsere Kriegsspiele anhören mußte. Er war nicht erpicht darauf. Er hatte mit sich selbst genug zu tun. Seit knapp einer Woche lief er mürrisch und widerwillig in einer halbuniformen Verkleidung herum; denn man hatte ihn halsüberkopf eingezogen zum Sicherheitshilfsdienst, einer Art

Not-Feuerwehr. Es machte uns ein Heidenvergnügen, ihn in seiner Kleddage anzusehn, die an einen Klempner oder Rohrleger erinnerte. Im blauen Overall mit Koppelzeug und Käppi brachte er seine Tage und Nächte im Katharinenstift zu, wo man notdürftige Unterkünfte eingerichtet hatte. Täglich mußten wir ihm warmes Essen hinbringen in Töpfchen und Tiegelchen, gedeckelt und in Zeitungspapier auf Temperatur gehalten und erkaltet am Ende trotzdem, weil ich allzu weite Umwege lief. Nur gelegentlich ließ er sich zu Hause blicken, auf Stunden und immer auf Abruf. Väter-, indes keineswegs freudlose Zeiten brachen für uns an.

Er sagte zu Mutter:

– Nu jammer mal nicht, Elfriede. Ich hab mein Auto geopfert, du man bloß 'ne Sammeltasse, aus der nie getrunken wurde. Und das ist erst der Anfang.

– Nein, nein, nein, sagte Mutter. Der Bradfisch-Lümmel kommt mir nicht wieder ins Haus.

Ihre Aufregung war unnötig. Dicki hielt sich fortan mit Ausdauer einhäusig, wurde zum Mansardenhocker. Kaum der Schule entronnen, experimentierte er mit Erlenmeyerkolben, Reagenzgläsern und Gaswaschflaschen, kokelte und siedete auf blausprenkelnder Bunsenbrennerflamme; durch häufiges Hantieren mit Säuren und Laugen war abzusehn, wann er gebräunte Finger besaß wie der Maulwurf drei Straßen weiter. Unermüdlich auf der Suche nach hausgefertigten Spreng- und Explosivstoffen, putzte er die Klinken in Wittes Chemischer Fabrik in der Koßfelder Straße, rief ganze Kollektionen verdächtiger und hochgiftiger Präparate und Substanzen ab, zahlte bar. Rotes und gelbes Blutlaugensalz beispielsweise, Chlorkalium und Phosphor pur, penibel unter Wasser gehalten. Sein Stöbern in einschlägiger Fachliteratur zeitigte exotische Blüten; neugierigen Besuchern trieb er den Angstschweiß auf die Stirn. Zur wahren Schreckenskammer gedieh ihm die Mansarde. Vor Einsetzen des Winters führte er mir seinen eigenen Sitzkrieg vor. Grinsend warf er mit modischen Ausdrücken um sich: Drôle de guerre... phony war... Und ein Gemisch aus Ferrocyankalium mit Rohrzucker und chlorsaurem Kalk ließ er – zu minimalster Menge geschüttet – an seine Budendecke gehn; beschallte bei geöffnetem Fenster weithin die Straße. Schon wollten Hauswirt und Nachbarschaft die Polizei zu Hilfe rufen.

Erst der harte und plötzlich losbrechende Winter zügelte unsere Lüste auf explosive Abenteuer. Aus Mangel an Kohle und Koks verbrachten wir ganze Tage in der Küche. Die Schulen schlossen vorübergehend. So kalt war es. Und überall fehlte es an Transportmitteln, an Autos, an Pferdundwagen. Auf Rodelschlitten kuften wir Brennstoffe, Kartoffeln und alle Arten von Lebensunterhalt den Bedürftigen und Alten und Kranken ins Haus. Auf die Abende zu lasen wir gemeinschaftlich in Oswald Spenglers »Untergang des Abendlandes« und verstanden herzlich wenig; nur der Titel faszinierte uns. Dominiks »Atomgewicht 500« leuchtete uns schon eher ein. Wir lagen in selbsterbauten Schneehöhlen auf Wolldekken und Kissen und entzündeten Hindenburglichte, schmökerten uns warm.

– Wie die Eskimos, meinte Dicki und zeigte mir im Kristallglitzer unseres Iglus einen Silberring mit Totenkopf und gekreuzten Hüftknochen auf dem Siegeloval. Den hatte er seinem Vater aus der Schreibtischlade geklaut. Gewalt und Tod waren Themen, die uns nie losließen in diesen Jahren.

Zu Fastnacht besuchten wir aus alter Anhänglichkeit Schmalzstulle, der sein erstes Lehrjahr gerade beendet hatte. Da lag noch dick Schnee auf den Straßen, als wir mit unserem Rodelschlitten in die Margarethenstraße zogen, um für Kellerkrämer Saatmann zum Wiederverkauf einen ganzen Wäschekorb Heißwecken und Berliner Pfannkuchen heranzuholen. Sowohl Saatmann als auch Bäcker Röwer hatten ihre Tempo-Lieferwagen in den großen vaterländischen Pott geben müssen.

Wir staunten: Schmalzstulle – ein hochaufgeschossener Sechzehnjähriger mit rötlichblondem Haar, gescheitelt und auf Streichholzlänge gehalten – empfing uns stellvertretend für seinen Chef, der ihm anscheinend vertraute und ihm aus Mangel an Arbeitskräften erweiterte Befugnisse antrug, an der Hoftür zur Backstube. Zum erstenmal spürten wir Schmalzstulles Altersvorsprung überdeutlich. Nie gab es einen so ernsten, so betont sachlichen Schmalzstulle, so daß wir Hemmungen hatten, ihn bei seinem Spitznamen zu begrüßen. Er sprach kein Platt mehr, sondern solides, wenn auch hier und da ein wenig ungereinigtes Hochdeutsch, wie es ihm Mutter möglicherweise hätte durchgehn lassen.

Hätten wir doch damals zu dieser frostklirrenden Winterstunde im Hof von Röwers Dampfbäckerei in die Weite sehn können, ähnlich wie einst hoch oben auf dem Turm der Technischen Nothilfe am Strand von Graal-Müritz: In die Weite der Zeit, in die Tiefe des Raumes, ins Detail und ins Große und Unabänderliche der Geschichte ebenso wie in Schmalzstulles Gedankenwelt ... hätten wir doch!

Aber wir sahn eben nicht durch, klebten nur an Schmalzstulle pur, wie er uns pingelbeflissen die einhundert Heißwecken und Berliner Pfannkuchen in den Korb zählte. Immer fügte er leise das Wörtchen »Schtück« hinzu: ein Schtück, zwei und drei und vier Schtück ...

Es fiel uns nicht leicht, ernst zu bleiben und ihn aufs Kreuz zu legen, obwohl wir's auf jede Art und Weise versuchten, ihn aus seinem Zählkonzept zu stoßen, um uns am Ende mit zwei oder drei überzähligen Schtücken im Korb davonzumachen. Er paßte auf wie ein Schießhund. Sein sturer Ernst enttäuschte uns. Denn schließlich war er uns einiges schuldig geblieben und zur Wiedergutmachung mehr als verpflichtet nach allem, was wir ihm im Laufe der Jahre hinten und vorn und überhaupt ...

Zum Schwanzausreißen! Kein Tricksen verfing. Als wir unseren Wäschekorb mit dem weißen Leinenlaken zudeckten, ließ er sich den korrekten Empfang quittieren per Unterschrift und Datum, forderte uns die entsprechenden Fett-, Zucker- und Brotmarken ab und sagte: Das wär's, meine Herren. Und beehren Sie uns bald wieder. Er grinste wie ein hinterfotziger Kaufmich.

Wir fühlten, daß er uns unwiderruflich auf und davon war. Einfach entlaufen. Wir beklopften zum

Abschied seine Schultern, als stünde es in unserer Macht, ihn und die alte Kumpanei noch einmal zurückzuholen, nur zum Bekucken und zum Warmwerden unserer Gefühle; aber es stäubte bloß mehlig aus seiner weißen Bäckerbluse, unter der wir halswärts dünnes rötliches Haargekräusel wahrnahmen.

Das war's dann wohl: Er hatte die imaginäre Linie überschritten, die Kindheit und Jugend von der Welt der Erwachsenen trennt. Der Krieg, der für uns nichts als ein Spiel war, hatte ihn schon am Haken. Leichtfüßig – wie es schien – war er übergetreten in eine uns fremde Region.

Schon hatte er uns den Rücken gekehrt und wollte zurück in die brutwarme Backstube, wo Röwer nach ihm rief. Wir wollten das Zugseil aufnehmen und unseren Schlitten über das schneegefegte Torwegpflaster ziehn mit kreischenden Kufen, Dicki vorn, ich hinten nachhelfend …

… da erfuhren wir's doch noch: daß er seit kurzem keine Reisen mehr unternahm vom Hauptbahnhof nach Bützow-Dreibergen, weil sein Vater seine Haftzeit zwar nach dem Buchstaben des Gesetzes abgebüßt, jedoch unten am Anstaltstor sogleich wieder eingefangen und per Wanderer-Limousine statt nach Hause »anderswohin« gebracht worden sei zwecks Umerziehung.

Mitten auf dem Hof lungerten wir noch eine Weile herum und froren. Durch die aufgehende Backstubentür drangen Düfte nach knusperfrischem Backwerk. Und Bäckermeister Röwers reißender Geduldsfaden:

Mensch, Marquardt, quackeln Sie nicht, kommen Sie endlich!

Eine Männerstimme ganz weit hinten grölte:

Ick heff die gestern seihn
mit hunnertdusend Bein,
mit hunnertdusend Apen,
ick dacht, du wierst besapen …

Der Sommer, der nun kam, war ein Siegessommer. Blitzkrieg und Stukas bereicherten unseren Sprachschatz, auch den von Dr. Griesebach, der uns wegen so zahlreich abgängiger Studienräte aushilfsweise in Deutsch unterrichtete. Gern sprach er über militärische Operationen. Wir nutzten seine Abschweife außerhalb des Lehrstoffs weidlich aus, lockten ihn weiter und weiter weg vom vorgegebenen Pensum, dachten uns immer neue Fragen aus, suchten ihn auf Nebenpfade zu ziehn, wo er sich auslabern konnte und am Ende jede Orientierung verlor. Schon während der Besetzung von Dänemark und Norwegen hatten wir es erreicht, daß wir eine farbenprächtige Scherl-Europakarte mit Reißzwecken an die Wand unseres Klassenzimmers heften durften. Unter Griesebachs Anleitung steckten wir Fähnchen, piekten Städte an, sperrten Flußläufe, löcherten Seen und Fjorde und ganze Abschnitte im Nordmeer. Stecknadeln mit blasigen bunten Köpfen waren gefragt; wir entnahmen sie den Nähkörbchen unserer Mütter. Und Griesebach spielte eifrig mit. Markige Worte fand er, die das Kriegsgeschehn wie hinter eine gläserne Trennwand rückten. Nie wollte uns der Krieg als eine Sache zum Anfassen geraten; er vollzog sich im rein Statistischen. Die Männer, die ja unsere Väter und Brüder und Onkel waren, fielen wie Schachfiguren aufs Brett. Nie verloren sie auch nur einen Tropfen Blut, und das, obwohl diese rote Substanz in Dr. Griesebachs Exkursen eine gewaltige Rolle spielte. Es war, als würden wir lateinische Texte lesen, in einer Sprache uns bewegen, die leer war und freigefegt von echten und nachvollziehbaren Gefühlen wie Schmerz und Trauer und leidendem Mitgefühl. Der Tod besaß überhaupt keine Dimension.

Noch heute will es mir einfach nicht in den Kopf, wieso ich den ergreifenden und fast kreatürlichen Schrei einer Frau aus dem Hause nebenan ohne nennenswertes Mitgefühl habe ertragen können, als ihr der Postzusteller einen Feldpostbrief in ihr unbekannter Handschrift übergab.

Mutter lief nach kurzer Atempause spornstreichs hinüber, um zu trösten, während ich lediglich daran dachte, wie wir vor Jahr und Tag dem älteren Spielgefährten Blumentöpfe und Glückwunschkarten zur Konfirmation an die Wohnungstür trugen, der Kuchengaben begierig, die eine ältere Küchenhilfe aus dem bereitgehaltenen Vorrat herausreichte:

– Wart mal, Junge ...

Wir rissen uns um die Blumen und Karten aus der weiträumigen Nachbarschaft, um sie mit mehr oder weniger antrainierter Bettlermiene ins eigennützige Ziel zu lenken. Schmalzstulle voran, dann ich, dann Dicki. Und Mutter stapelte dann kopfschüttelnd – und manchmal sogar ungnädig – die zahlreichen Blech- und Napfkuchenstücke in ihrer Küche, schmeckte sie vor und fällte ihr Urteil, wo gute Landbutter und wo Margarine und so ...

Mutters Reaktion war seltsam, als sie zurückkehrte, tränenüberströmt, das zerknüllte Taschentuch in der Handhöhle:

– Der arme, arme Junge, sagte sie. Und er war noch so jung. Sie griff nach meiner Hand und sagte: Junge, wachs *du* mir nicht so fix, hörst du?

Ich tat, was ich konnte. Ich versprach, mir Zeit damit zu lassen. Ich nehme an, es wird mir nicht sehr ernst damit gewesen sein. Der Junge von nebenan, ich glaube, er hieß Robert Ballschmieter, stand mir nie sehr nahe. Er war um einiges älter, was ihn mir schon damals in große Ferne rückte, als er noch lebte und mir ab und zu eine runterhaute, weil ich »langer lahmer Lulatsch« zu ihm sagte oder aus sicherem Abstand: daß zwischen seinen Fußballerbeinen ein ausgewachsenes Pferdefuhrwerk durchfahren könne.

Jetzt war er tot. Umgefallen wie eine Schachfigur. Nein, der gellende Schrei der Frau ging glatt an mir vorbei. Gefallen für den Führer und für Großdeutschland. Es hätten Dr. Griesebachs Worte sein können.

Als Griesebach an diesem Junivormittag aus dem »Wanderer zwischen beiden Welten« vorlas, breitete sich unter mir und Dicki öde Langeweile aus. Schiefmäulig und für den Vorleser unhörbar, flüsterte ich Dicki zu:

– Laß nochmal abbeißen ...

Zweimal hatte ich schon abgebissen, einmal in der ersten Pause, das zweite Mal, als Griesebach über die Objektergänzung referierte und uns – an der Wandtafel stehend – den Rücken zukehrte. Denn schwerbepackt war Dickis Vater aus dem dänischen Odense auf Urlaub angereist. Dicki hatte ihn von der Fähre in Warnemünde abgeholt, um ihm die Koffer tragen zu helfen, die Beulen warfen, und zusätzliche Ledergurte mußten die Spangen am Aufspringen hindern, dergestalt befrachtet hatte sich der alte Raunzer und Mauzer im feldgrauen Offiziersrock: Butter, Käse, Milchschokolade und Rapsöl und Bohnenkaffee. Und seinem wissensgeilen Sohn hatte er chemische Fachliteratur aus Kopenhagens Antiquariaten verschafft, die sich bei Leopold und Urban schon lange nicht mehr auftreiben ließ. Und eine enorme Siegeszuversicht natürlich, die sich speziell gegen England zu Wort meldete, kaum daß er zu Hause zu Atem gekommen war: England sei überhaupt *die* Quintessenz und das Gelbe vom Ei des deutschen Schicksalskampfes.

– Mein Oller aus Fünen, sagte Dicki schokokauend … Mein Oller aus Fünen ist da. Jetzt geht's wieder rund und zackig zu bei uns zu Haus, *das* ist die Quintessenz, Hansjürgen. Die Schokolade ist nur 'n Trosthappen.

Vorübergehend hielten wir's mit der »Quintessenz«. Im Nu machte sie die Runde.

In spontan ausgebrochener Begeisterung hielten wir Bradfisch senior für einen zeitweiligen Gewinn. Wir wogen ihn auf an seinen Mitbringseln aus einem Land, wo Milch und Honig flossen, an der Fettlebe, die er seiner Familie für ein paar Tage bescherte und an der ich soeben teilhatte …

Kräftig biß ich zu in die unterm Tisch hingehaltene Klappschnitte mit dick Butter drauf und dänischem Chesterkäse so gelb wie Eidotter. Und meine Gedanken schweiften zu meinem Vater, der längst die SHD-Montur ausgezogen hatte wegen chronischer Herzschwäche und zunehmender Nachtblindnis. Nur noch ein Schatten seiner selbst war er, seitdem man ihn gezwungen hatte, seine Generalvertretungen aufzugeben und seine Reisen einzustellen. Zum Bürohengst hatten sie ihn gemacht, häuslich war er geworden mit einem feuchten und einem trockenen Auge. In einer beschlagnahmten Villa eines jüdischen Fabrikanten in der Steintor-Vorstadt brachte er seine Tage hinter einem Riesenschreibtisch zu, bearbeitete Anträge seiner einstigen Kunden, bewilligte Drogisten und Apothekern engpässige Ware auf dem Umweg über stupidem Papierkram, den er als lästig, als unmenschlich empfand. Nur ganz gelegentlich kehrte er auf dem Heimweg bei »Gecelli Nachf.« ein, fand den ausgeschenkten Wein gepantscht und gestreckt wie das Bier, das – mit zusätzlicher Kriegssteuer belegt – auch immer dünner und fader wurde. Mochte schon sein, was Mutter argwöhnte, daß er bei Gecelli unter den sanften Blicken des Augustinermönchs seine Tagträume veredelte.

Hier traf er auch Bradfisch. Das Wiedersehn soll sich feucht und fröhlich gestaltet haben. Der Nachfolger des alten Gecelli soll – wie es später hieß – einige Flaschen Rheinhessen aus seiner geheimen Kellerreserve raufgeholt haben. Nie hab ich Vater derart besoffen gesehn.

Mutter meinte anderntags, Vater habe sich offenbar im Datum geirrt. Noch jedenfalls sei der Krieg weder aus noch gewonnen.

Wie soll man denn nun das wieder verstehn, dachte

ich und rätselte lange an Mutters herabgezogener Unterlippe herum. Ich sah mich in der »Schauburg« sitzen und, Pfefferminzdrops lutschend, zusehn, wie Adolf Heit-ler im Park von Compiègne bei Versailles mit Keitel vor dem Salonwagen spazierenging, stehnblieb und sich plötzlich ausgelassen auf die Schenkel schlug und dabei seinen Bleistift fallen ließ, den ihm Keitel beflissen aufhob, und noch etwas sah ich: Heitlers blitzenden Goldzahn.

Das Bild stand lange still in mir, stand wie fest-, wie angehalten. Bis irgendwann ein anderes Bild sich darüberschob und das alte langsam verdeckte wie eine Mondfinsternis: Ich sah Vaters Dekawe-Meisterklasse über die Straßen Europas rollen und blubbern mit langen blaugrauen Auspuffähnchen. Vater nämlich bekam eines Tages einen Feldpostbrief eingeworfen, den ihm Mutter am Abend nach seiner Rückkehr vom Riesenschreibtisch ungeöffnet überreichte.

– Ist das nicht putzig, sagte Mutter, als Vater ihn am Abendbrottisch erst leise überflog, dann laut vorlas und kopfschüttelnd zu essen vergaß.

– Der hat ja Mut ..., murmelte er und kopfschüttelte weiter. Er meinte ganz offensichtlich den Wehrmachtsfahrer, der sich aus purer Langeweile hingesetzt hatte, um Vater als dem Vorbesitzer ein Lebenszeichen seines Autos zuzuspielen, das nun tief unten in Griechenland zweitaktig die Mittelmeerluft verschmutzte. Es konnte gar nicht anders sein: Vaters schöne blaugetönte Briefbögen mit dem dezenten Hinweis auf die »Generalvertretungen«. Werweißwo im Wageninneren mußte sich so ein Geschäftspapier dauerhaft verkrümelt haben, bis es bei einer Generalreinigung zum Vorschein kam. Und der Fahrer ein Witzbold, möglicherweise sogar ein ehemaliger Berufskollege von Vater, dem selber das Automobil konfisziert wurde...

Vor der Scherl-Europakarte standen wir – Dicki und ich – und steckten Fähnchen. Und überall hörte ich im inneren Ohr Vaters Dekawuppdich blubbern:

... dachte ihn mir auf Frankreichs Straßen im Département Cognac, in der Champagne vielleicht oder in Paris natürlich unterm Eiffelturm; auf dem Hintersitz Flakons mit Parfüm und verdrahtete Flaschen mit Sekt, den man dort Champagner nannte,

... dachte ihn mir unterm balkanischen Himmel auf engen Paßstraßen sich hochquälen und dann wieder durch Täler knattern; es roch meilenweit nach Pflaumen und Pfirsichen; und kurz darauf auf Schritt und Tritt nach Knoblauch, den wir verächtlich Judenzwiebel nannten,

... dachte ihn mir in Bulgarien pannenverdächtig halten zwischen weit hingestreckten Rosenfeldern... ein Tropfen davon, und du stinkst ewig, witzelte Dicki und rümpfte die Nase,

... dachte ihn mir schließlich am Fuße der Akropolis stehn; und ein Unteroffizier füllte auf Geheiß einen Korb mit Steinbrocken und mit Bruchstücken eines Torsos, damit der Studienrat Griesebach in Hauptmannsuniform damit angeben konnte... später, viel später nach dem Endsieg: Und das hier, Jungs, aus der Wiege unserer Kultur... erinnert euch bitte an Platon, an Aristoteles, an drei-drei-drei, was war denn da: war da nicht Issos Keilerei?

Und Dicki, der olle Pfiffikus, dem selten allzuviel Ernst zu Kopf stieg, Dicki half Fähnchen stecken und pfiff das Schmählied, mit dem er mich noch und noch gekitzelt hatte, als Vater noch am Steuer saß:

Auf einer langen, langen Chaussee,
stand in Eis und in Schnee
ein kleiner Dekawee.
Und der Besitzer dieser Chaise mußte weinen
um seinen kleinen
kaputten Dekawee...

Vater drückte es nach Verstreichen einer winzigen Spanne Zukunft ungefähr so aus: Armes Deutschland, sagte er. Er meinte weniger mich, obwohl es ihn sichtlich verletzt hatte und er mich zum Teufel wünschte, weil ich wegen zweier Fünfen im Zeugnis und ohne nennenswerten Ausgleich sitzengeblieben war und die Ober-Tertia wiederholen mußte ... nein, er sagte »Armes Deutschland« wohl deswegen, weil seine Nachtträume anfingen, seine Tagträume nicht nur ein-, sondern zu überholen; und weil die Erkenntnis, die ihn am ersten Kriegstag bloß sachte gestreift, nunmehr zum festen Bestandteil seines Denkens geworden war:

– Na, dann gute Nacht, Minna.

Warum er Minna sagte und nicht Elfriede, hab ich nie herausfinden können. Verworren sind die Hirnpfade unserer Väter. Er zeigte nur wenig Hoffnung, daß noch einmal so richtig Tag werde. Nur selten holte er sich Rat bei Büchmann im Bücherschrank. Er schien am Ende seines Lateins. Sein Auto meldete er sich und uns als total perdü gegangen ab. Er fand, in den unermeßlichen Räumen Rußlands müßte sich die Meisterklasse unweigerlich verfranzen oder heillos in Eis und Schnee verkommen.

Alles Leben um uns herum – und wir mit ihm – schien sich zu verändern. Auch die Gesichter wechselten immer häufiger. Dr. Griesebach, dem ich meine Fünf in Latein zu danken hatte, überwachte ein letztes Mal das Einholen der Hakenkreuzflagge vom Fahnenmast auf dem Schulhof. Letztmals für unsere Ohren stimmte er mit seiner unschönen, schneidenden Stimme das Horst-Wessel-Lied an. Dann wünschte er uns gute Ferien und eilte freudig zu den Fahnen. Wir glaubten es ihm aufs Wort. Und weg war er.

Und eines Tages im Spätherbst machte Dicki mir eine simple Rechnung auf:

– Drei durch drei macht eins, sagte er und mischte mit größter Umsicht Chlorkalium mit einem üppigen Sauerstoffspender; er nahm aus Vorsichtsgründen eine Gänsefeder dazu.

Eigensinnig blieb er dabei, daß drei geteilt durch drei eins ergebe. Ich kam nicht gleich dahinter. Es sollte wohl die mathematische Umschreibung einer Wehklage sein: daß nämlich nunmehr jeder von uns dreien seinen eigenen Weg zöge, Schmalzstulle, er und ich. Auseinanderdividiert habe man uns; es sei keine Frage eigenen Verschuldens, es sei eben, wie's ist.

Ich mußte ihm recht geben. Jetzt saßen wir beide auch in verschiedenen Schulklassen. In der Unter-Sekunda er; ich in der Ober-Tertia. Ein matt umrissenes Gefühl des Unabänderlichen streifte uns, während wir vom Hauch der Geschichte, über den Griesebach noch in einer seiner letzten Abschweifungen so wortreich gesprochen hatte, nicht einmal ein Säuseln wahrnahmen. Die Wirklichkeit auf den Schlachtfeldern gerann zu monotonen Radioberichten, zu Wochenschauen mit Fanfaren- und Marschmusik, allenfalls Sondermeldungen machten uns Beine und steile Ohren. Geläufig wurden uns Großoffensiven, wie sie die Menschheit bis dahin nie gekannt. Bradfisch sprach davon in seinen redseligen Feldpostergüssen aus Odense. Und Blockwart Kraak – unabkömmlich reklamiert und lüstern auf die ersehnte Beförderung zum Ortsgruppenleiter –, er entzückte uns, weil er wie ein farbenprächtiger Papagei nachplapperte, was ohnehin druckfrisch im »Anzeiger« und im »Niederdeutschen Beobachter« zu lesen stand. Auffallend häufig zog es ihn in unsere Wohnung, wo er vorgab, die Verdunklungen an den Fenstern zu überprüfen, Augen und Ohren wie ein Luchs.

Vater raunte mir eines Tages zu, man müsse diesen Herrn mit Vorsicht genießen. Und jeden Morgen, wenn er die Wohnung verließ, rückte er den Zeiger auf der Senderskala seines »Blaupunkt« zurück ins Feld des Reichssenders Hamburg. Vorsicht sei nun mal die Mutter der Porzellankiste. Er lebte mit der Angst, die er überall mit sich herumtrug; sogar wenn er »Heil Hitler« sagte, hörte mein Ohr sie heraus.

– Drei durch drei macht eins, sagte Dicki.

Ich hatte ihn in seiner Mansarde aufgesucht und mir zum werweißwievielten Mal am quer zur Kammerdecke laufenden Balken den Kopf gestoßen. Er beachtete meinen Wutschrei gar nicht. Im Vorgriff auf Schlimmeres baute er an Sprengsätzen mit elektrischer Fernzündung, testete ein erstes Exemplar seiner Nullserie in Gestalt einer Bierflasche mit Schnappverschluß am gleichen Abend im Barnstorfer Wald, wo wir im Augenblick der Detonation unsere Köpfe in den nassen Waldboden steckten, bis der Splitterregen über uns weggefegt war.

Erde fressen sei besser als der schönste Heldentod, meinte Dicki. Diese Sentenz hatte er natürlich aus einem Brieftext seines Vaters geangelt. Mann-mannmann, der hatte gut reden und Rat erteilen auf seinem Druckposten auf Fünen. Ein knappes halbes Jahr, und er würde nachts gegen null Uhr dreißig sogar das monotone Brummen des britischen Bomberverbandes verschlafen und weit Schlimmeres. Verstört lief er in den drei Tagen seines Sonderurlaubs durch die ausgeglühte, aber immer noch rauchende Altstadt, verhielt vor den Trümmern von »Gecelli's Weinstuben«, kopfschüttelte, schwor Rache. Wie sehr er ins Schwarze getroffen hatte! Das war nun die QUINTESSENZ: die alte Stadt, die Stadt mit so glorioser hansischer Vergangenheit ... wohin sein Blick irrte, alles im Eimer. Und nichts ging mehr, kein Wasser, kein Strom, keine Gasversorgung. Die Wellington- und Hampdon-Bomber waren gen Norden geflogen, unbehelligt, ungestraft. Wildgänse rauschen durch die Nacht mit schrillem Schrei ...

Mutter stand zur gleichen Stunde in der Waschküche; gemeinsam mit der Marquardt bekochten sie, wer kommen wollte zu löffeln am Freitisch auf Kellerstufen und gepackten Notkoffern. Es gab Bandnudeln und Büchsenfleisch aus der Staatsreserve, einen ganzen Waschkessel voll.

Kontrollauge Kraak kam auf einen Sprung vorbei, rußgeschwärzt, entnervt von soviel unerwartet über ihn hereingebrochenem Krieg. Still wurde es, als er an den Kessel trat und sich eine Kostprobe geben ließ.

Nie hat mir der Begriff »Eintopf« so nahe, so bildhaft überredend vorkommen wollen wie an diesem rauch- und aschegeschwängerten Tag, an dem die Sonne Mühe hatte, sich zu zeigen; nur als schwacher Milchfleck lungerte sie am Himmel. Es roch nach Brand und Feuersbrunst tage- und wochenlang. Wir stromerten durch die Ruinenstadt. Es hatte sich herumgesprochen, daß fliegende Standgerichte Plünderer aufgriffen und an Ort und Stelle aburteilten unter dem Vorsitz von SS-Offizieren. Vater fuhr am Abend der Schreck dermaßen in die Glieder, daß er zu zittern anfing und am nächsten Morgen glatt vergaß, am Senderwähler seines »Blaupunkt« zu drehn. Er faßte es nicht, daß ihn ein gütiges Geschick rechtzeitig davor bewahrt hatte, weiter in diesem SHD-Verein in der Pflicht zu stehn. Von einem Ritt über den Bodensee orakelte er. Erst als er weiter ausholte, verstanden wir ihn: Denn ausgerechnet SHD-Leute waren es – Freiwillige, na schön, freiwillig Gezwungene, meinte er –, die den Befehl bekommen hatten, die Todesurteile zu vollstrecken. Niemand wußte übrigens zu sagen, wo sie ihre Karabiner luden, entsicherten und auf komissiges Kommando abdrückten.

Ich dachte an die lange entschwundenen Septembertage, als Vater in seiner himmelschreiend komi-

schen Uniform unter der alten Linde im Hof des Katharinenstifts saß und Mutters Fischklopse mit Kapernsauce gabelte und quooste, als müsse er sie vorzeitig wieder hergeben. Mutter meinte damals mit Blick auf seinen blauen Overall mit Koppel und Käppi:

– Siehst aus wie ein Rohrleger, Heinrich. Gott nein, wie putzig!

Seine Antwort blieb er ihr damals schuldig. Jetzt als Mutter unten im Keller am Waschkessel stand und fleißig rührte, damit die Breitbandnudeln ja nicht ansetzten, jetzt hielt er die Stunde für günstig, seine Rencontre anzubringen. Er warf ihr die Zeitung zu mit den Verlautbarungen des Polizeipräsidenten Sommer:

– Da hast du deine Rohrleger, Elfriede.

Wir genossen es, schulfrei zu haben. Mit ungetrübter Genugtuung besahen wir uns die Trümmer unserer Schulgebäude, aus denen noch immer schwärzlicher Rauch kräuselte. Von der Ruine des Stadt-Theaters her näherte sich unser betagter Direktor Dr. Niemann. Von zwergenhaftem Wuchs, jedoch quicklebendig und eigentlich lange schon auf der Pensionsliste, wirkte er in diesem Moment auf uns wie ein Wesen aus Märchen- und Fabelwelten, wie er mit einem ungetümen Schlüsselbund in der Hand auf uns zutrat und leise vor sich hinmurmelte:

– Dies ater, dies ater, meine Herren …

Wir fühlten uns erhoben zu ungeahnter Höhe. Er hatte uns mit »meine Herren« tituliert. Kastagnettenhaft schepperte er mit seinen Schlüsseln, denen kein Schloß mehr gehorchte, schepperte und klingelte, als trachte er, die guten Geister seiner Schule herbeizurufen.

– Dies ater, wiederholte er.

Wir sagten: Jawoll, Herr Direktor. Wir mochten ihn eigentlich ganz gut leiden; besonders seine gelegentlichen Ausrutscher zu drastischen Verbalinjurien verschafften ihm eine Art natürlichen schwerelosen Respekt. So flehte er – wenn ich mich recht erinnere – einmal den reinigenden Gewitterblitz herab, auf daß er uns rammdösigen Halunken beim Kacken träfe. Puterrot lief er den Korridor zwischen den Klassenzimmern entlang, um Ruhe läutend mit dem Schlüsselbund in der Hand, das mit ihm verwachsen schien wie ein Teil seines Wesens.

Nun waren tatsächlich Blitze niedergefahren. Und er sah sich die Bescherung an. Bis die Feuerwehrleute uns verscheuchten wegen drohender Einsturzgefahr. Und unseren Direktor gleich mit. Ein Rausch jäh erwachter Freiheit erfüllte uns in jenen Tagen. Die Nächte indes waren schlaflos. In Erwartung neuer Angriffe verbrachten wir sie weit draußen außerhalb der Stadt. Und da sahn wir auch ihn wieder, unseren Maulwurf, wie er unweit der Neuen Rennbahn über die Geleise der Doberaner Bahn irrte. Mit einer dynamobetriebenen Taschenlampe leuchtete er sein Blickfeld aus, um nicht zu stürzen. Wir machten uns von seinem Erscheinen höchst eigene Bilder, malten sie bis zum Irrwitz aus. Vater meinte:

– Heller Blödsinn, Junge. Kein Wort mehr davon!

Wieso denn, wollten wir wissen. Wir hielten es für ausgemacht, daß der verräterische Schelm den RAF-Piloten in den Kanzeln ihrer zweimotorigen Wellingtons und Hampdons wegweisende Blinkzeichen gab mit seiner Taschenfunzel: lang, kurz; lang, lang, kurz. Wir hingen uns an seine Fersen, blieben dran mit hämischer Ausdauer, ohne daß er uns den erwünschten Beweis lieferte. Denn die Tommies kamen nicht. Sie kamen auch in der nächstfolgenden Nacht nicht.

Nach unserer Rückkehr gegen Morgen mit Köfferchen und allen wichtigen Personalpapieren verwarnte Kraak meinen Vater und drohte im Wiederholungsfall mit Meldung und Anzeige. Auf allen Plakaten sei es öffentlich angekündigt, daß Ausnahmezustand sei; und wer plündere, werde erschossen. Auch das Verlassen der Stadt ohne eine Sondergenehmigung sei verboten.

Mehr sagte er nicht. Ob er mehr wußte, steht dahin. Sein Bonzengesicht verriet nichts, ließ allerdings ahnen, daß auch ihm schwante, was Vater schon lange schwante: das Umschlagen des Kriegsglücks.

Was er mit Sicherheit gewußt hat, bevor wir es wußten, Mutter insonderheit, weil sie noch losen Kontakt hielt zur Marquardt, lange nachdem beide gemeinsam Eintöpfe zurichteten unten im Waschkeller: daß Gefahr im Verzuge war mit dem Häftling Marquardt, den man nach irgendwohin verschleppt hatte vor fast Zweijahresfrist. Keine Post mehr seitdem, kein Lebenszeichen.

Aber dann kam doch Post an. Post für die Marquardt mit Dienstsiegel und Nachgebühr, die sie nach Leisten einer Unterschrift sofort begleichen mußte. Es handelte sich um eine Kostenrechnung. Unter Vorgabe einer Frist von vierzehn Tagen waren die ordnungsgemäß erhobenen Gebühren für die Einäscherung der Leiche ihres Mannes auf ein Berliner Postscheckkonto einzuzahlen, andernfalls Verzugszinsen fällig würden in Höhe von ... Stempel und Unterschrift.

Wie sagten wir immer, im Falle, wir hatten etwas nicht verstanden: Rharbarber rharbarber rharbarber ...

Wie Mutter hernach wissen wollte, vergoß die Marquardt keine Träne. Schon gar nicht habe sie ähnlich laut und herzergreifend aufgeschrien wie die Frau Ballschmieter seinerzeit, du weißt schon, Junge. Der ist nun auch schon wieder über ein Jahr unter der Erde ...

Vater sprach leise, fast unhörbar für meine Ohren, von »Konzertlagern«. Und daß der Stellmacher Marquardt, naja und so weiter. Rasch stellte er die Radiomusik lauter und vertiefte sich in seine Zeitungslektüre. Mutter insistierte: Manchen träfe es ganz besonders hart; und oft sause auf so einen alles auf einmal nieder, sozusagen Schlag auf Schlag.

Ich fand, daß sie recht hatte: Schlag auf Schlag. Erst knapp drei Wochen war es her, daß sie Schmalzstulle zur Wehrmacht eingezogen hatten. Mit siebzehneinhalb Jahren. Gerade hatte er seine Lehre abgeschlossen. Ohne eine richtige Gesellenprüfung, muß hinzugefügt werden. Womit auch sollte er sein eingebimstes Können unter Beweis stellen, mit welcher Glanzleistung leuchten? Mit 'ner Schwarzwälder Kirschtorte ohne Sahne? Mit 'm Liebesknochen vielleicht ohne Schokoladenüberzug und gefüllt mit wässerigem Puddingersatz zwischen den Schenkeln aus Brandmasse, so trocken wie 'n Furz?

Wir lachten. Schmalzstulle rauchte. Er bot uns von seinen »R 6« an. Zu dritt saßen wir im »Terrassen-Café« in der Neustadt, um uns von ihm zu verabschieden. Er gab sich verblüffend gesprächig, richtig fröhlich war er und spendierte jedem von uns einen Becher Erdbeereis. Er bestand darauf, mächtigen Dusel zu haben; denn sie hatten ihn zur Artillerie eingezogen. Bis auf weiteres durfte er in seiner Vater- und Geburtsstadt bleiben. Übermorgen hatte er sich in der Putlitz-Kaserne zu stellen, im Persil-Karton nur das Nötigste.

Dicki und ich verständigten uns, anzüglich grinsend. Wir dachten an lange Verjährtes mit dem Blinzelauge des Weißt-du-noch? Wo er auf Kartuschen hockte – als Vielfraß verrufen – und auf Nachschläge sann für unsere Groschen. Schon übermorgen würden sie ihn scheuchen, wie er uns gescheucht, weißt du noch, Dicki? Auf Kasernenhöfen würden sie ihn schleifen: An den Horizont, marsch, marsch. Schleifen, abschleifen, gefügig schleifen ...

Schon befremdlich: Er ließ sich nicht kitzeln, nicht hochnehmen. Das machte uns stutzig, verschlug uns zeitweilig die Sprache. Im ruhigen Gleichmaß löffelte er sein Gefrorenes und erzählte, daß Röwer ihn vorzeitig aus der Backstube entlassen, ihm zum Abschied ein größeres Geldgeschenk und ein Kuchenpaket überreicht habe mitsamt der Zusicherung, ihn nach Anbruch des Friedens sofort wieder als Gesellen einzustellen. Heil und Siech und Hals- und Beinbruch, Junge! habe er ihm nachgerufen, als er schon auf der Margarethenstraße, den Mund voll Streusel und Krümel ... und die beiden angejahrten Mitgesellen hätten blöde gegrinst und ihr Lied vom Saufen angestimmt, ihm zu Ehren:

Ick heff die gestern seihn
mit hunnertdusend Bein …

Ganz schön geschwätzig. Wir merkten zuerst gar nicht, daß er soviel redete und sich zum Clown hochspielte, nur weil er Schiß hatte und gestärkte Manschetten vor irgendwas Unbekanntem, das ihn erwartete. Möglich, daß er uns seine Angst nicht eingestehn wollte. Hand aufs Herz, Dicki, wir hätten ihm seine Schau auch niemals abgenommen. Enttäuscht hätte er uns: Schmalzstulle Marquardt und ein Feigling! Wo er doch bekanntermaßen alles andere als das war, ein Draufgänger eher und ein Mutprotz; ein Feigling mitnichten.

Kurzum, er fürchtete anscheinend, in unserer Achtung zu sinken, sobald er Schwächen zeigte. Vielleicht bewunderte er uns, unsere vermeintlich höhere Schulbildung, die noch gar nicht abgeschlossen war. Würde sie es je sein? Auch wir dachten schon mal gesprächsweise an den Heldentod. Nur handelte es sich stets um diesen blutleeren, verbalen und gänzlich schmerzlos leisen Tod ohne Gesicht, wie ihn Dr. Griesebach schon hinter sich hatte. Jetzt müßte er reden können, hier und jetzt; das könnte spannend werden.

Heute denke ich: Schmalzstulle, das Aas, könnte uns vorsätzlich getäuscht und uns beide über den Löffel balbiert haben, über den Löffel, den er stets so freßsüchtig geschwungen und der ihm jetzt zum Munde ging mit der faden Neige im Eisbecher. Spielen wir's doch zu Ende, Dicki: Heute meine ich, er könnte seinen Plan schon fix und fertig im Kopf gehortet haben, sich seitwärts in die Büsche zu schlagen bei erstbester Gelegenheit, um auszusteigen und wegzutreten. Vielleicht auch war ihm die auslösende Idee erst gekommen, nachdem ihm seine Mutter von der kostenpflichtigen Todesanzeige in Kenntnis gesetzt ... wer will das so genau wissen.

Wie mir nach und nach alles wieder einfällt: Dicki und ich saßen hoch oben im Dachstuhl unseres Hauses, wo wir zwischen First und nackten Balken herumturnten, um die abgedeckten Ziegel durch neue zu ersetzen, die eine in der Nähe niedergegangene Luftmine heruntergefegt hatte. Beide trugen wir das Taubenblau der Luftwaffenhelfer. Ob Zufall oder nicht, beide hatten wir zur selben Stunde Stadtausgang bekommen, obwohl wir in zwei verschiedenen Flakbatterien unseren Dienst schoben. Und beide warteten wir täglich auf unsere Einberufung zur Wehrmacht. Immer war es ein besonderes Ereignis, wenn sich ein Mitpennäler hackenschlagend beim Batteriechef abmeldete unter Vorweisen des Gestellungsbefehls.

Heute war ein besonderer Tag, von dem Vater auf seinem Stammplatz neben dem Radio meinte: Der Atem der Geschichte sei soeben durchs bombenlädierte Fenster herein und sofort und ohne Aufenthalt durchs Küchenfenster wieder hinausgezogen, und man müsse seinen eigenen Atem eine Weile anhalten, um ja keinem Lapsus aufzusitzen.

Das waren ziemlich große Worte, mit denen Vater da umging; und gewöhnlich sah ich mich gut beraten, ihnen zu mißtrauen. In diesem Falle ließ ich mich ausnahmsweise dazu überreden, meinem Atem ebenfalls Zügel anzulegen; denn Vater – den Kopf gebettet in die rechte Handschale, Blick in die Ferne – sagte: Auf Heit-ler sei ein Bombenattentat verübt worden. Und während Mutter in der Küche grüne Heringe briet und der Durchzug den penetranten Dunst schnellstens hinausbeförderte, meinte sie am Herd und bei flacher mickriger Gasflamme, weil gleich Energie-Sperrstunde:

– Nun erlebt er auch mal, wie sowas ist: das mit dem Bombenterror und den ewigen Nachtalarmen ...

Ich erinnere mich der präzisen Abfolgen der Ereignisse nicht mehr. Nur weiß ich: Spuren fischigen Trans hingen noch in der Wohnung, als sich herausstellte, daß nichts dran war am Hauch der Geschichte und Vater nur Fischiges gerochen: Heit-ler lebte. Seine Stimme kroch drohend aus dem Radio. Und niemals in all den Jahren hab ich Vater soviel Blut und Wasser schwitzen sehn wie in der Julihitze danach. Dem Ortsgruppenleiter Kraak ging er beizeiten aus dem Weg. Kaum daß er dessen fasanenprächtigen Aufputz sich nähern sah, drehte er ab und wählte den Umweg über die Schliemannstraße.

In die sahn wir momentan hinein, ganz von oben, sozusagen aus der Vogelperspektive und querweg über die üppig grünenden Gärten unseres Wohnblocks. Birckenstedts Villa lag rasch wechselnd mal im Sonnenglanz und mal im träge vorbeigehenden Wolkenschatten. Infolgedessen sichteten wir die Marquardt nur unvollkommen. Und immer dann, wenn das Sonnenlicht wieder niederkam, bemerkten wir, wie sie in gebückter Stellung werkelte: sie häufelte Feuer- und Dickbohnen an und Erbsen, denen sie Reisigholz steckte zum besseren Hochranken. Strohhell leuchtete der Sombrero ihres toten Mannes. Hin und wieder verschwand ihre Gestalt im Postgelb der Königskerzen oder tauchte ein ins Rosarot der Malven, die bis in Birckenstedts Fenster geilten, als wollten sie kontrollieren, was da so geschah.

Ja, was geschah da eigentlich? Ich gebe zu, daß unsere Neugier sich gelegt hatte, Vater hatte wohl recht behalten: Ist er nicht schon lange tot, meine Herren?

Gewiß, das war lange her und möglicherweise sogar wahr. Die Marquardt schwieg sich aus. Lange schon war sie dienstverpflichtet worden als Wäscherin in den Chirurgischen Kliniken an der Maßmannstraße. Nur noch zweimal die Woche hackte, pflanzte und wässerte sie mehr zum eigenen Nutzen den ausgedehnten Maulwurfsgarten oder besser einen Teil davon; denn sein größerer Teil war zu Wildwuchs und Wüstenei verkommen, Laurins Zaubergarten mit raunendem Gerede, das höchst Seltsames und Ungereimtes absonderte für Ohren, die sich Lust machten auf Quergedachtes, auf Krauses und Krummes und Krankhaftes.

So hieß es, der alte Hinkebein sei des Nachts in seinem Wildgarten gesehn worden, wie er Wurzeln ausgrub und Sellerieknollen, Porreestangen und weiße Rüben. Auch wollte man wissen, daß er sich jüngsterdings Schlachttiere hielt, Kaninchen, Belgische Riesen, entartete Leporiden; und draußen auf den Wiesenschlägen der Biestower Bauern wollte ihn wer beobachtet haben, wie er mit Sichel und Jutesack Grünzeug mähte für seine Stallhasen: Löwenzahn, Rispen- und Schwadengras, Quecke und Huflattich; wie's kommt, so werde es wohl gemuffelt da unten in seinen Kellerräumen vom Schlachtvieh: allesamt Albinos mit bleichem Fell von wegen der ewigen Dunkelheit. Und alles – so die Leute –, weil man ihn einfach aus der Liste der Lebenden gestrichen und ihm folglich die Zuteilung der Lebensmittelkarten entzogen habe ...

Nein, unsere Neugier und unsere feindseligen Verdächtigungen, aller Hohn und alle Häme hatten sich längst müde gelaufen. Er war kein Feind mehr; er war gar nichts mehr, ein Schemen nur, eine blasse Erinnerung bestenfalls an einen verstorbenen Bücherwurm, unter Sohlen zertreten. Seine blindwütige Einmauerung deuteten wir als eine freiwillige Zurücknahme seines Selbst. Aber das sagten uns spätere Erkenntnisse, Nachköste von Gedankenspielen.

Was wir mit eigenen Augen sahn von oben aus dem Dachgestühl: feiner dünner Rauch, der sich aus dem Schornstein seines Hauses quälte bei soviel Windstille. Und während wir Ziegel vom Keller raufschleppten und sie säuberlich einhingen in die Sparren und Latten, machte sich Dicki Hoffnungen auf ein Not-Abitur.

– Geschenkt ist geschenkt, sagte er.

Und dann rauchten wir unsere Zigaretten, die Dicki seiner Mutter geklaut hatte aus dem gehämmerten Messingkästchen auf seines Vaters Rauchtisch. So hißten wir unsere Fähnchen und dachten uns nichts Arges ...

Das kam, als wir spät abends aufbrachen mit unseren Fahrrädern, um zurückzustrampeln in unsere Flakstellungen, Dicki nach Barnstorf, ich nach Lichtenhagen. Wir fragten uns, ob es angezeigt wäre, dem vorbeigehenden Kraak ein kerniges »Heit-ler!« zuzurufen. Kraak tat sehr geschäftig. Eiliger als sonst schritt er in seinen Schaftstiefeln aus. Er kam aus der Schliemannstraße und strebte seinem Milchladen zu, wo er hinten neuerdings ein Interims-Geschäftszimmer eingerichtet hatte. Er tat, als wäre was im Gange; wir grüßten ihn, aber er reagierte nicht.

Wie man sich später erzählte, habe Schmalzstulle sich einen ganzen Tag und eine halbe Nacht mit dem Maulwurf unterhalten. Nichts da! Nicht mit der Frage im Blick, wo denn wohl das Eingeweckte stünde. Eher schon, warum er – der uralte Quertreiber und Selbstvernichter – so lange unterirdisch sich gehalten als sein eigener Gefangener. Weshalb er so lange keinen Piep und kein »Heil Hitler« geschrien wie alle die andern rundum; und wieso er sich selbst aufzehrte bis zum Skelett, nur um die ganzen eintausend Jahre zu überleben im Verborgenen …

Das ließe sich fortspinnen: Birckenstedt könnte ohne Wenn und Aber gegengefragt haben, warum Schmalzstulle denn ausgerechnet bei ihm untergekrochen … warum denn nur?

Und wörtlich dann:

– Bei mir hätte es doch um ein Haar geklappt, Junge. Wenn du nicht mit Hilfe deiner Mutter … ich hätte durchgehalten bis ans Ende, du unverbesserlicher Freßsack, du! Denn du hast mich vor der Zeit ausgegraben, hast mich mit einem einzigen Spatenstich ans Licht befördert. Ist dir das nicht klar, Discipole?

Ein Feigenbüschel könnte an einer der gekalkten Kellerwände gehangen haben, das Laub verwelkt und zundertrocken und nahezu unkenntlich. Und die Karpfenschuppe? Von Mutters Hand in Zellophan eingeschlagen und von mir in der hohlen verschwitzten Hand allzu lange verborgen gehalten, bis Mutter mich zwang, ihm diesen lächerlichen Talisman im Korridor unserer Wohnung auszuhändigen ... wo war der abgeblieben?

Alles Nonsens. Nachdem Kraak auf und davon war, stiegen wir von den Rädern. Ein Wanderer-Kabrio parkte vor dem Haus Schliemannstraße siebzehn mit abgeschaltetem Licht. Mann-mann-mann, waren wir neugierig. Und aufgeregt.

Als man die beiden aus dem Haus führte, zuerst Schmalzstulle in Feldgrau mit Käppi und Seitengewehr, dann den Maulwurf, zum Strich abgemagert und mit brennenden Augen, wie ich nie zuvor solche gesehn ... da standen wir unweit der Gartenpforte: Dicki und ich in unserer taubenblauen Kluft. Es war noch immer so schwülwarm, als hätte sich die Sonne soeben erst verabschiedet. Die Linden über uns waren abgeblüht. Die ersten pfefferkorngroßen Samenkapseln mit dem falben Flugblatt knackten leise unter den Knobelbechern der Feldpolizei, die wir Soldatenklau nannten. Wie sich doch Namen als zutreffend erfunden erweisen konnten. Wir staunten.

Und jetzt sahn wir auch im graulackierten Kabriolett bei heruntergeklapptem Verdeck einen Offizier der Waffen-SS am Steuer sitzen. Er rauchte gelassen eine Zigarette. Ich glaubte ihn zu kennen. Von irgendwo, von irgendwoher. Als sich unsere Blicke begegneten, fand ich, daß er mich wie einen Fremden betrachtete und glatt durch mich hindurchkuckte wie durch eine gläserne Scheibe. Ganz plötzlich fiel mir ein, woher ich ihn kannte. Doch ließ ich es ihn nicht wissen.

Im selben Augenblick, als sie Schmalzstulle und Birckenstedt aus dem Haus führten, schienen wir dem SS-Offizier mit unserer zudringlichen Anwesenheit auf die Nerven zu gehn. Im ähnlich schroffen und hochfahrenden Tonfall wie damals sagte er:

– Na los, hau schon ab, Harry!

Als letzte führten sie die Marquardt ab. Auch sie tat, als bemerkte sie uns nicht. Auf dem Kopf trug sie noch immer den Sombrero ihres Mannes. Anscheinend hatte man sie hinten im Garten aufgegriffen. Kann sein, daß man sie der Beihilfe zur Fahnenflucht ihres Sohnes bezichtigte. Ich weiß es nicht. Noch heute weiß ich es nicht.

– Weißt du's Dicki?

Dicki rauchte seine Gitanes. Dann sagte er mit ehrlicher Bewunderung in der Stimme:

– Phänomenal, dein Gedächtnis. Alle Achtung.

– Willst du das Haus immer noch, Dicki?

Er sah mich perplex an.

Ich schlug vor, vielleicht und falls er nichts dawider habe ...

– Eine Plakette, ein schriftliches Memorial?

Ich deutete auf die blinden Bohrungen in der Hauswand, wo vormals das Arztschild, später der Hinweis auf die Kinderbibliothek hingen. Der Putz rieselte immer noch heraus in kleinen leisen Schüben. Wie eine Sanduhr.

Jetzt erst fiel mir auf, wie alt wir beide geworden waren. Zwei betagte Männer mit deutlich unterscheidbaren Lebenswegen. Wären wir imstande, uns gegenseitig in die Augen zu sehn wie in kleine runde Spiegel, nur um hinter der undurchlässigen Silberbeschichtung vorzudringen in den Dschungel der Erinnerungen ... nur um zu erfahren, daß sie sich schlafend stellten, unsere Erinnerungen?

– Ja, ja, laß gut sein, Dicki. Chemie ist dein Metier. War's immer schon, war's auch damals.

Er lächelte. Er verstand schon damals, gewinnend zu lächeln, der alte Charmeur.

Etwa eine Woche drauf war alles vorüber. Das alte verfallene Haus ein Haufen Schutt, den Bulldozer zusammenschoben und Kipper abtrugen.

Nein, nicht so: Als wär's ein Stück von uns. Oder etwa doch?

Die Personen und ihre Namen sind erfunden. Ähnlichkeiten mit lebenden Personen sind unbeabsichtigt und wären reiner Zufall. Überhaupt: Es ist alles erfunden.

ISBN 3-372-00203-2

1. Auflage

Lizenz-Nr. 395/3721/88 · LSV 7001
Printed in the German Democratic Republic
Satz und Druck: Druckwerkstätten Stollberg
Buchbinderische Weiterverarbeitung:
Kunst- und Verlagsbuchbinderei, Leipzig
Schutzumschlag und Einband: Gerhard Medoch
700 241 7
01080